Palavra de hon

Ana Maria Machado

Palavra de honra

ALFAGUARA

Copyright © 2005 by Ana Maria Machado

Todos os direitos desta edição reservados à
Editora Objetiva Ltda.
Rua Cosme Velho, 103
Rio de Janeiro — RJ — Cep: 22241-090
Tel.: (21) 2199-7824 — Fax: (21) 2199-7825
www.objetiva.com.br

Capa
Andrea Vilela de Almeida, a partir de projeto gráfico de Victor Burton

Imagem de capa
Joerg Buschmann/Millennium images/Latinstock

Revisão
Édio Pullig
Cristiane Pacanowski

Editoração eletrônica
Abreu's System Ltda.

2ª edição

CIP-BRASIL. CATALOGAÇÃO-NA-FONTE
SINDICATO NACIONAL DOS EDITORES DE LIVROS, RJ

M129p
    Machado, Ana Maria
        Palavra de honra / Ana Maria Machado. – Rio de Janeiro: Objetiva, 2013.

    162p.   ISBN 978-85-7962-212-0

        1. Romance brasileiro. I. Título.

13-0844.   CDD: 869.93
                                CDU: 821.134.3(81)-3

Palavra de honra

Para Henrique e Isadora

Quanto faças, supremamente faze,
Mais vale, se a memória é quanto temos,
Lembrar muito que pouco.
Se o muito no pouco te é possível,
Mais ampla liberdade de lembrança
Te tornará teu dono.

(Fernando Pessoa — *Odes*
de Ricardo Reis)

Enganado pela morte, o velho Almada iria passar anos e anos contemplando na parede do quarto a memória das águas daquele riachinho a se espreguiçar por entre as pedras. Encantado pela vida, o menino José ficava alguns minutos todo dia acompanhando o percurso das folhas e gravetos que acabara de soltar na correnteza e iam sumir numa curva mais adiante.

    Mais que a estrada por onde seguiam rebanhos de ovelhas e carroças carregadas de feno, mais até do que as nuvens levadas pelo vento até se perderem de vista, eram aquelas águas que lhe davam a certeza de que havia um mundo lá fora, muito além da paisagem que vira durante toda sua existência. Para algum lugar escoavam. Um dia ele as seguiria. Um dia em que não tivesse tanto trabalho à sua espera, em que todos à volta não contassem com seus braços finos para ajudar a lavrar o campo, a podar as videiras, a levar forragem para os animais, a semear, adubar, limpar, ceifar, carregar. Um dia que, só por isso, seria de festa.

    — Ai, José, que já estás outra vez a cismar e te esqueces do trabalho... Acode cá com isto e deixa-te de fazer o mandrião!

    Lá ia ele. Cada semana um pouco mais velho, um pouco mais forte, capaz de fazer um pouco mais. Cada mês com a sensação de que era para menor resultado, entre os rigores do clima e a aridez da terra coalhada de pedregulhos. Cada ano para dividir com mais gente, na família de novas bocas a surgir com a rapidez de cogumelos, enquanto os novos braços cresciam com a lentidão de carvalhos.

* * *

Muito antes de ter um muque igual ao de Gilberto, e o tamanho do irmão, o menino Bruno já sonhava com o dia em que entraria com ele no mar. De verdade. Bem fundo, depois da arrebentação. Demorava a chegar a hora, mas sabia que em algum momento iriam juntos. *Pegar jacaré* nas ondas que estouravam barulhentas. Sair num barco com os amigos para pescar lá longe.

Enquanto esse dia não chegava, o pequeno Bruno brincava na marola e fazia castelos na areia da praia. À medida que foi crescendo, aprendeu a avaliar a força das ondas e a calcular a possível distância a que elas poderiam trazer perigo ao bater nas pedras lá embaixo. Começou a gostar também de ficar sentado no alto do Pontão contemplando o mar. Logo descobriu um lugar seguro que adotou como seu. Era uma reentrância lisa junto a uma espécie de espaldar de rocha, onde podia até se recostar. Parecia se amoldar a seu corpo, esperando por ele. Sua querência, a que voltaria a vida toda. Sozinho, com namoradas, com amigos. Um dia, até com os filhos.

Nesse ninho de pedra, Bruno foi almirante dos sete mares, piloto na proa ou grumete no cestinho da gávea, no alto do mastro de um veleiro encantado. Via mais que todos, distinguia antes as nuvens que surgiam no horizonte ou os cardumes que se aproximavam. Era o melhor lugar para ficar a ver navios, seguir o voo das gaivotas, se surpreender com o súbito salto de uma arraia-jamanta ou as brincadeiras dos golfinhos em bandos de mergulho.

De lá de cima, observou a partida de Gilberto para suas primeiras aventuras de caça submarina, com máscara, pé-de-pato, arpão e tridente. Via o irmão mergulhar e sumir. Sentia um pouco de medo, daí a instantes o percebia vindo à tona. Uma, duas, muitas vezes. De repente, o troféu: um peixe se debatendo na ponta do arpão, ou uma lagosta segura em mão enluvada. O mar compartilhava seus tesouros com os amigos fiéis.

Foi também de lá do alto do Pontão que Bruno viu a primeira prancha enorme a se molhar naquelas praias. Fundadora de uma linhagem sólida e inumerável, era de madeira. Foi trazida por um banhista mais afoito e inventivo e causou sensação no grupo de adolescentes que, deitados e abraçados a suas pequenas tábuas pintadas e de frente arredondada, esperavam a onda boa para descer de *jacaré* até a praia. Permitia que se tentasse um precário equilíbrio para deslizar em pé até o raso. No dia seguinte já tinha seguidores. Veio para ficar, sempre se transformando. Fez o *jacaré* virar surfe.

As outras mudanças Bruno não viu de longe. Ajudou a fazer. Já dentro d'água e no meio de todos os outros surfistas. De olho nas ondas e no vento. Quilhas que variavam em número e localização. Tamanhos diferentes. Arredondados diversos. Madeira mais leve, fibra de vidro, resinas insuspeitadas, velas, cordames.

Só ele continuava o mesmo. Sempre achava que, mais cedo ou mais tarde, o mar lhe traria todas as respostas de que precisasse. Mais de trinta anos depois, ainda procurava acordar de manhãzinha sempre que podia, ou voltar correndo para a praia ao final de um dia de trabalho. À espera da onda ideal, de prancha em punho. E era do mar que, de vez em quando, olhava para o alto do Pontão e distinguia lá em cima a silhueta dos filhos ao lado do cachorro. Sabia que Buck velava por eles. E se preparava para uma alegria que não demoraria muito: o dia em que Gabriel e Miguel pudessem também vir surfar com o pai.

Por enquanto, os gêmeos se distraíam com a irmã mais velha explorando o imenso rochedo. Letícia lhes mostrava miudezas encantadas: as conchas e algas que se prendiam na pedra, as tocas de caranguejinhos escuros, o sal que se acumulava nos buracos quando a água evaporava ao sol. Ouviam o barulho forte das ondas se quebrando nas grutas mais abaixo, viam a espumarada que subia por entre as fendas lá adiante. Ou então, apenas ficavam olhando o pai no mar. Fascinados por toda aquela água salgada onde adoravam tomar banho e brincar, mas que também os assustava um pouco com sua imensidão sem fim, seu barulho constante, e todos aqueles movimentos misteriosos em suas cores sempre novas.

* * *

Bem do alto, o menino José via melhor a aldeia em que nascera. Qualquer altura ajudava a entender onde vivia. Quando subia nas árvores do pomar, observava o telhado da casa. Se, em vez de tanger a parelha de bois, vinha com algum adulto que o fizesse, podia instalar-se no alto do feno ou das pipas de vinho transportadas pela carroça e admirar a paisagem revelada: a outra margem do riacho ou a roupa a secar no quintal das casas ao longo do caminho. Nas raras vezes em que lhe permitiram subir à torre da igrejinha, conseguiu distinguir de uma só mirada todas as casas que compunham seu mundo, as ruelas que as ligavam, os campos que as cercavam. E quando, finalmente, começara a pastorear rebanhos pelos montes em torno, percebeu que sua aldeia não era a única: juntava-se a outras, tão contidas em si mesmas como ela. Todas, manchas claras sarapintadas de telhados escuros, ovos de passarinho aninhados no fundo do vale, aconchegadas em encostas listradas pelas linhas de videiras e protegidas por muralhas de montanhas mais altas e agrestes salpicadas de ovelhas. O mundo era côncavo, agora sabia, embora não conhecesse a palavra. Oferecido à abóbada celeste sobre ele emborcada.

— A se perder de vista, estou a lhe dizer... Uma imensidão de água a mexer-se sem parar...

A frase não lhe saiu da cabeça. Até mesmo porque iria se desdobrar em outras a povoar seus sonhos. E, de imediato, transformou o regresso do tio Adelino num dos acontecimentos marcantes de sua vida.

Na verdade, o irmão da mãe já era um personagem lendário antes de surgir em carne e osso. Fora para o Porto muito jovem, de lá ganhara Lisboa e os cais, fizera-se marinheiro, nunca mais voltara. Só muito de quando em quando dera alguma notícia. E agora ali estava, a visitar todos na aldeia, de uma casa à outra com seu andar gingado, sua pele crestada de sol, seus olhos afundados em rugas mas capazes de enxergar transparências nas montanhas e evocar um certo horizonte de que falava, linha imaginária e inimaginável.

Como falava o tio Adelino, aliás...

Nas poucas semanas que passou na aldeia, entre duas viagens, mudou os hábitos de todos. Para ouvi-lo, vinham parentes e vizinhos reunir-se à noite ao pé do lume, ou aos domingos em torno à mesa tosca — com sua garrafa de vinho e sua broa redonda, de eterna faca fincada ao meio, à espera do caldeirão de caldo fumegante. Bebiam suas histórias de outras terras, sorviam as emoções de tantos personagens desconhecidos, eram varridos por ventos que davam a volta ao mundo.

— Certa feita, quando estávamos a ponto de levantar ferros e partir de Macau, vimos do tombadilho um homem que chegava apressado ao cais. Vinha vestido em trajes ricamente bordados e turbante colorido, e apontava um sabre para o navio...

Bastavam poucas palavras para instaurar um cenário que ninguém jamais pensara que pudesse existir. Ou para nele desencadear situações promissoras e empolgantes. Na boca de tio Adelino, o mundo não era côncavo e fechado, mas se espraiava além de horizontes, se aprofundava em abismos, galgava vértices. Não era protegido e sereno, mas prenhe de drama. Aberto a todos os espaços e a tempos habitados pela história. E cheio de opiniões diferentes.

— Com todo o respeito, como o senhor ainda nos vem falar em miguelismo, senhor cura? Mais um pouco e cá estarão todos a crer que dom Sebastião está prestes a voltar das areias ardentes montado em seu cavalo. O país hoje discute outras coisas. O que o senhor acha do duque de Saldanha? Há quem queira seguir os exemplos da Itália e da Prússia, e fazer um só país, com a unificação ibérica. E outros, como eu, não querem nem ouvir falar disso. Essas conversas não chegam até aqui?

Contava coisas incríveis:

— O mundo se transforma, meus amigos! A França foi derrotada na guerra contra a Prússia. Ao ganhar, com um exército forte, os prussianos se uniram a seus vizinhos, e agora os alemães têm um só imperador. Do outro lado, a França, derrotada, não tinha mais como assegurar a defesa do papa com suas tropas. Então os italianos, unidos, entraram em

Roma e agora também a Itália é um só país — o rei Vitório Emanuel ocupa o trono. Os franceses, descontentes e perdendo território, se rebelaram. As notícias falam agora de uma revolução republicana na França, uma guerra civil. Contam que Paris se fez uma comuna independente, mas foi sitiada, enfrentando um cerco terrível. Nada, nunca mais, será igual a antes.

  Diante do espanto dos camponeses reunidos com sua família, ouvindo todas aquelas histórias cheias de reis, imperadores e papas, repletas de guerras, tropas e cercos, acontecidas em lugares que apenas conheciam de nome mas nem sabiam bem onde ficavam, o tio Adelino se entusiasmava. Vinha-lhe uma certa volúpia de falar, frente à atenção daquela plateia ávida por suas palavras. Nem descrevia muito as mudanças que vira pessoalmente, com a modernização dos portos onde os navios atracavam. Preferia contar as coisas mais fantásticas que ouvira pelas tabernas vizinhas aos molhes. Novidades que nem sempre devia conhecer por si mesmo, já que apenas arranhava os continentes pelo litoral. Mas, seguramente, empolgavam sua imaginação e faziam dele um ruidoso arauto do progresso, trazendo à pequena aldeia as reverberações da revolução industrial e tecnológica que começava a transformar por completo a vida quotidiana europeia.

  — As ruas das grandes cidades são agora iluminadas a gás, até Lisboa está a substituir seus fumacentos lampiões a óleo de baleia. Homens se alçam de balão pelos céus, houve um francês que escapou do sítio de Paris voando dessa maneira por cima das linhas inimigas. E os caminhos de ferro! É ver para crer. A força do vapor move comboios longuíssimos, de vagões e mais vagões, puxados por uma única locomotiva. Viaja-se sobre trilhos por quase toda a Europa. Em três dias vai-se de Lisboa a Paris... Em nosso próprio país, já é possível ir de uma parte a outra em comboio, com todo o conforto. E mais linhas férreas se constroem sem cessar. A qualquer momento chegam até cá, um engenheiro francês está a construir uma grande ponte sobre o Douro. E os fios telegráficos e cabos submarinos já nos ligam a toda parte. Mesmo nos mares, começam a surgir navios a vapor que não dependem mais de ventos favoráveis para cruzar os oceanos. Bastam-lhes caldeiras possantes e muito carvão.

Talvez por medo de que tão fantástico narrador se fosse de repente, privando-os das doses diárias de aventura das quais se tornavam cada vez mais dependentes, ou então por inveja de seus dotes únicos que lhe garantiam a atenção geral, uma noite um dos vizinhos perguntou:

— Mas se tudo é assim tão cheio de maravilhas por este mundo de Deus, o que o trouxe de regresso à nossa terra? Por que o amigo resolveu abandonar toda essa vastidão para retornar à aldeia?

A primeira resposta foi uma gargalhada bem alta, talvez sonora demais para não esconder uma ponta de disfarce. Em seguida, palavras estranhas:

— Deu-me uma *corazonada*... como dizia o cozinheiro espanhol de um navio em que cruzei o Atlântico.

Após uma pausa que mal poderia ser notada, prosseguiu:

— Na verdade, não estou de regresso. Apenas vim passar uns tempos, rever esses casais, minha gente, recordar minha infância, levar umas flores ao cemitério onde estão enterrados meus pais. Teríamos que ficar em terra por algumas semanas, eu estava em Portugal, a ouvir minha língua, deu-me saudades de casa, só isso. O navio necessitava reparos, sobrava-me tempo... Não sei se a vida ainda me trará outra oportunidade dessas...

O leve traço melancólico na voz logo desapareceu diante da pergunta do pequeno José:

— E essa tal de *coração-nada* que lhe deram, tio, o que é?

Todos riram. Tio Adelino explicou, falou em decisões repentinas que se impõem subitamente e com as quais não se pode discutir. Talvez vindas do nada, com certeza brotadas do coração.

— Quando isso ocorre, José, só nos resta obedecer, seguir as ordens do coração. Um dia o saberás, quando cresceres.

E voltou a suas histórias, ainda renovadas por algumas noites, antes de tomar a estrada e partir novamente.

Não se foi por completo, porém.

Alguns dos que deixou para trás iriam também começar a viajar para além das fronteiras da aldeia e a navegar nas histórias em que o velho marinheiro os iniciara. Um vizinho, rapaz solteiro e ambicioso, passou a sonhar com a ideia de cruzar o oceano e ir tentar fortuna no Brasil. E o menino José deu-se conta de que as palavras são capazes de transportar para outras terras e outras vidas. Têm o estranho poder de não caber. Nada as contém.

Não sei se o destino de todo leitor é esse mesmo. Um dia passar para o outro lado. Começar também a alinhavar palavras para que os outros leiam. Será? Tem horas em que tenho vontade de escrever. Nem sei o quê. Vontade forte. Sobre qualquer coisa. Contar o que sonhei. O que me aconteceu ontem. A continuação de um fiapo de diálogo entreouvido num elevador. Lembranças de viagens. Ideias sobre o mundo. Comentários sobre o que leio nos jornais. Reflexões sobre temas profissionais. Uma análise política. Resenha de um filme ou livro. Perfis de pessoas. Escrever. Não importa sobre o quê. Apenas sentar diante do computador, deixar que os pensamentos escoem pelos dedos e seguir em frente. Escrever, verbo intransitivo.

Um dia eu ainda escrevo. Mas sempre é preciso ter um tema. Ou, pelo menos, um assunto definido deve ajudar. Os antepassados, talvez. Histórias da nossa família, das que vovó Glorinha contava. Do jeito que ela contava. Soltas, episódicas. Às vezes algumas até se encadeavam. Mas quase sempre eram esparsas. Cada dia uma lembrança. Fragmentos. Retalhos. Cacos. O leitor que depois os junte. Faça sua colcha. Seu mosaico. Seu caleidoscópio.

A quem estiver interessado, forneço o *Kit Letícia de leitura*. Dou as peças. Algumas, claro, funcionam até como instruções de uso. Leia com Letícia. Com alegria. É divertido, garanto. Faça você mesmo seu livro. Ou não. Como preferir. Embora os dicionários não registrem, leitura só pode ser sinônimo de liberdade. Neste tempo de *slogans* e palavras de ordem, contribuo com mais um. Seja livre, leia. Vai ser sempre um livro diferente daquele que o autor escreveu.

Filtrada pelos vidros coloridos do alto da janela, a luz do sol deixava em festa a parede matutina do quarto. Anos antes, ao escolher azuis, verdes e vermelhos para compor as bandeiras de portas e janelas no sobradão que estava construindo, o velho Almada não imaginava que um dia iriam encantar tanto a ainda não nascida Maria da Glória. A neta que mais lhe fazia companhia naquela longa espera.

Quando ia levá-la à escola, Nina sempre dava uma passada pela casa paterna. Trocava algumas palavras com o velho em seu leito, pedia a bênção e ia conversar com a mãe na sala, na cozinha, ou falar com os irmãos menores lá fora no quintal, dependendo do tempo que fazia. Maria da Glória ficava e se demorava mais no quarto com o avô.

Contava-lhe as coisas miúdas de seu dia a dia, fazia perguntas, ouvia com atenção as respostas. Rodava e dançava sob as cores dos vidros da janela: ora observava sua sombra na parede, ora examinava a própria pele e as roupas, convertidas em caleidoscópio vivo e animado. Subia no banquinho e se olhava no espelho do toucador: fazia caretas, virava o rosto de um lado para o outro, escovava os cabelos se estavam soltos, ajeitava os laços se vinham presos em tranças. Às vezes, pegava também a escova, o espelho de mão e o pente da avó, pousados sobre o móvel, e se sentava com eles na beirada da cama, junto ao velho. Penteava e escovava com carinho os bastos fios brancos da cabeleira opulenta e da barba, ajeitava-lhe o bigode com os dedos. Entre sorrisos, o patriarca deixava de lado a autoridade imponente e tudo permitia. Se alguém contasse, ninguém ousaria acreditar — como a menina comprovou na primeira e única vez que fez referência a essa brincadeira num almoço de família.

Às vezes, ao final da sessão de penteado, ela lhe mostrava o espelho para que se olhasse e dizia:

— Viu como o senhor ficou bonito, vovô?

Quase sempre ele se olhava com calma, se examinando, sem dizer nada. De vez em quando, no entanto, continuava brincando e emendava com uma frase que a pequena adorava:

— Não estou conseguindo enxergar direito. Esse espelho está embaçado. Quero ver é nos meus espelhinhos.

— Estão aqui.

Ela ficava bem séria e se postava firme e compenetrada na frente dele, olhos bem abertos. O velho fingia examinar seu reflexo neles, ajeitava o repartido do cabelo, cofiava o bigode, alisava a barba e, finalmente, a liberava.

— Pronto, pode piscar. Agora eu sei que estou bonito.

Os dois se abraçavam. Fim da cena tão bem ensaiada.

Quase todo dia, se Nina não os interrompesse antes por causa do horário da aula, havia ainda um ritual final. Sem nem precisar pedir, Maria da Glória apanhava na gaveta da cômoda uma caixa funda, de madeira marchetada, com uma divisão interna em que a avó Alaíde guardava um camafeu, um cordão e algumas das joias de menos valor. O velho Almada girava uma chavinha no fundo da caixa, dando corda ao mecanismo que a faria funcionar. Depois, bem devagar, abria a tampa de três folhas, revelando lá dentro uma boneca delicada, na ponta dos pés, em *tutu* cor-de-rosa, multiplicada em todo um corpo de baile pelo jogo de espelhos do interior da caixa. A melodia ia logo enchendo o quarto, as notas se sucediam, apressadas. A bailarina começava a girar ao som da música. Os olhos de Maria da Glória brilhavam de encantamento.

— De novo... — pedia quando terminava.

O avô atendia. Quantas vezes a neta pedisse. Com um olhar de fascínio que ela jamais esqueceria. Um olhar que só depois de adulta, em retrospecto, um dia Maria da Glória percebeu que na certa era dirigido a ela e não à caixinha de música ou à bailarina.

Assim permaneciam, enlevados e entretidos, até que o chamado de Nina os interrompesse. A menina beijava o avô e saía, muitas vezes ainda a cantarolar a melodia a caminho da escola. O velho ficava sozinho. Deixava se esgotarem as notas relutantes com que a caixinha de música sinalizava o fim da corda. Voltava a contemplar a parede diante do leito. E a memória.

Um triângulo de tecido avermelhado, inflado pelo vento. Logo abaixo, vários círculos de madeira arrumados lado a lado e enfileirados uns sobre os outros em poucas pilhas. À frente, a ponta aguda da proa fina indicava o caminho por onde a barcaça deslizava. Em sua extremidade, uma longa vara inclinada, listrada em cores fortes, vinha de uma altura bem maior que a de dois homens, no meio da embarcação, e mergulhava nas águas do Douro.

— São os rabelos. Carregam as pipas que levam vinho para o Porto — alguém explicou ao menino. — Essas varas compridas são os lemes, servem para orientar a navegação.

Era a primeira vez que ele ia tão longe. Com o pai e um vizinho, tratavam de buscar uns fardos de arroz, sal e açúcar, transportados da cidade pelo rio e descarregados em uma vila próxima. Tinham seguido pela estradinha até a foz do riacho e José não sabia o que admirar mais — se o movimento de carroças na rua, se os barcos que passavam pelas águas, se a grandeza daquele imponente rio Douro que naquele ponto seu humilde regato quotidiano ajudava a formar.

A seu lado, o vizinho falava, com entusiasmo, do desejo de ir para o Brasil. País muito belo. Eterno verão. Terra de oportunidades.

— Tenho cá comigo que devo tentar a aventura. Ao que se diz, creio que em dez anos posso estar rico...

— Mas é tão longe, Vicente... E se te sucede algo? Quem te acode? Não receias os perigos que pode haver?

— Perigos há em toda parte. Pois o velho Tomás não morreu ao bater com a cabeça na quina do próprio leito? Após tropeçar nas próprias chinelas?

José ouvia o pai ponderar, cheio de sensatez e juízo. Aquilo tudo era muito longínquo. Havia a selva. Os mosquitos. As doenças. Os selvagens. O desconhecido. Mas do outro lado o Vicente não se abatia. Imaginava eldorados. Sonhava com a Árvore das Patacas. Via-se qual novo Vasco da Gama a buscar riquezas nas Índias. Ou, ao menos, seria em poucos anos um concreto negociante cheio de contos de réis, com armazéns repletos de mercadorias, casado com uma mulher bela e elegante, dono de sua própria cavalariça, com seus carros e cocheiros, seu camarote na ópera...

— E o que vem a ser essa tal de ópera, rapaz? E camarote?

— Não sei bem, creio ser uma espécie de festa. Mas quando estive no Porto me disseram que todo rico tem essas coisas, é com isso que se divertem os grandes senhores. E eu hei de sê-lo, caro vizinho, hei de sê-lo. Mas para isso, tenho de primeiro ir fazer fortuna no Brasil.

Estava resolvido. Levou um bom tempo nos preparativos, num esforço de poupar dinheiro para a passagem e a fiança militar. Mas acabou embarcando mesmo, daí a uns meses.

Levou tempos sem dar notícias. Depois contou que tinha aberto uma pequena loja de ferragens no interior do estado do Rio de Janeiro. Numa cidade pequena e nova, fundada pelo próprio imperador. Nas cartas esparsas, que o cura lia em voz alta para a família de Vicente — e depois relia ao pé do lume de cada casa em noites sucessivas até que os pais do rapaz as conseguiam repetir de cor —, ficaram todos sabendo também que o jovem se casara com uma brasileira. Chamava-se Rosa e era bonita. Não era rica e os dois não estavam a nadar em ouro, mas se arranjavam e estavam bem de vida. E conviviam com marqueses, viscondes e baronesas, pois atendiam a toda a nobreza em sua loja. É que viviam em Petrópolis, cidade em pleno crescimento, onde a Corte brasileira sempre vinha passar o verão, aproveitando o clima ameno e fugindo do calor e das febres que grassavam nas baixadas da capital. Ficava entre montanhas sempre verdes, cobertas de matas floridas. Floresta, sim, e bela. Mas nada de selva nem de selvagens. Tudo muito diferente do que imaginavam.

As primeiras palavras que José ouvira sobre o Brasil, vindas do mesmo Vicente a conversar com seu pai naquele dia à beira do Douro, lhe tinham criado um país. Agora, outras palavras criavam outro. Tinha certeza de que os havia infinitos e renovados, a cada novo relato. Nenhum era exato ou esgotava a realidade. Começou a querer ter o seu próprio.

E um dia, quando dois dos irmãos menores já estavam quase tão capazes quanto ele, igualmente a se esfalfar em sua ajuda aos pais na labuta do campo, de repente José lançou a frase diante da família reunida em torno à mesa do jantar:

— Pai, ando a pensar em ir para o Brasil.

A primeira reação foi de incredulidade e espanto. Os irmãos mais velhos zombaram, os mais moços riram dele. A mãe se confrangeu. O pai não o levou muito a sério mas, de qualquer modo, foi paciente. Usou todos aqueles argumentos que já empregara antes com o vizinho, mas desta vez foi muito mais completo e veemente.

Não contava, porém, com o fato de que José já ensaiara mentalmente toda aquela conversação, tanto, tantas vezes, que tinha sempre uma resposta pronta. Não estaria sozinho num país estranho nem se tratava de uma aventura: podia trabalhar na loja do Vicente. Esse tinha sido um ano particularmente difícil, de inverno inclemente e tuias vazias. Partindo, ele seria uma boca a menos em casa. Poderia até mandar algum dinheiro, quem sabe?, se eventualmente fosse bem-sucedido.

Ao final de mais de uma hora, o pai silenciou, pensou um pouco e perguntou:

— Mas de onde tiraste essa ideia, menino?

— Deu-me uma *corazonada*, como dizia o cozinheiro espanhol do navio de tio Adelino.

Ouvindo isso, a mãe desatou a chorar. Ainda era muito recente seu luto pela morte do irmão, transformando em despedida a visita que o marinheiro fizera à aldeia dois anos antes. Agora, as palavras do filho lhe pareciam um recado fraterno, como a lhe dizer que não atrapalhasse, mas deixasse o menino seguir seu caminho. Decidiu que não se oporia, por mais que a separação lhe doesse.

Em sucessivas conversas com o marido, foram amadurecendo a ideia daquela possibilidade. Talvez não fosse má, afinal de contas. Fazia algum sentido. Pediram ao cura que escrevesse ao Vicente.

O antigo vizinho acolheu a sugestão com entusiasmo. Que o pequeno José viesse, sim. Estava mesmo a pensar numa ampliação do negócio, necessitava quem o auxiliasse, a Rosa não dava conta sozinha, ainda mais agora, que ia ser mãe. Fez uma proposta concreta: receberia o menino em casa, dar-lhe--ia teto e comida em troca de trabalho enquanto aprendia o ofício e, ao cabo de dois anos, passaria a lhe pagar um salário. Podiam todos ficar tranquilos, pois zelaria pelo miúdo. Comprometia-se até a ir esperar a chegada do navio no Rio de Janeiro, para em seguida trazê-lo em segurança a Petrópolis.

Muito mais de meio século depois, quando procurava lembrar-se dos meses que se seguiram, o velho Almada não conseguia distinguir nada direito, como se naqueles dias houvessem acontecido mais coisas do que em todos os 12 anos anteriores. Os preparativos para ter todos os documentos necessários. A luta do pai para arranjar-lhe passagem a um preço acessível a seu bolso quase vazio. O reforço trazido por uma pequena ajuda da coleta da missa, que o cura fez questão de lhes dar. As roupas que as tias costuraram para que tivesse o que vestir. O fato desbotado e cinzento, de riscas claras, já muito usado pelo pai, que a mãe reformou para que pudesse caber nele. As botinas que o primo lhe deu pois já passavam a lhe apertar os pés. Um saco de lona que tio Adelino lá deixara e ia agora servir para guardar seus parcos pertences. Os sonhos e planos. As despedidas. Os olhares que a todo momento lançava a cada um dos seus, querendo guardar-lhes as feições, os olhares, os sorrisos.

— Toma este crucifixo, meu filho. Está desde sempre na família de teu pai. Muito tempo. Disse-me tua bisavó que o tinha ao pé de si quando todos os filhos nasceram. E teu avô o tinha em mãos aos sessenta anos, ao entregar a alma a Deus. Leva-o sempre contigo para tua proteção.

O velho Almada ainda o via diariamente em seu quarto, tantos anos depois. A figura descarnada e magra do Cristo, esculpida em madeira policromada, minúsculas pedras vermelhas brilhantes fazendo as gotas de sangue, os cravos prendendo o corpo na cruz negra, de pé sobre o pequeno pedestal em escadinha. Na memória, ainda mais nítido, o olhar da mãe ao lhe entregar a imagem.

As prendas que os irmãos lhe deram perderam-se pelo tempo afora.

— Minha carrapeta preferida... toma, é para ti.

— Leva esta medalhinha de são José.

Uma pedrinha redonda recolhida do chão à margem do riacho. Uma bolota de carvalho. Um toco de vela. Um desenho da casa feito com um pedaço de carvão, catado no borralho do lume da véspera.

Os presentinhos não estavam perdidos, no entanto. Faziam companhia a memórias impalpáveis e presentes. O sorriso da mãe. A voz forte do pai a cantar para fazer adormecer os irmãos menores. O brilho das gotas de orvalho nas folhas de couve da horta. O frescor do recanto das avencas, atrás da casa, com a mina d'água entre as pedras. O crocitar das pegas sobrevoando o campo de manhã cedo. As primeiras margaridas silvestres que brotavam por entre as pedras ao final do inverno. As papoulas que salpicavam os campos de vermelho no verão, entre zumbidos de abelhas. O cheiro do mosto que empapava o chão e as paredes de pedra do porão, onde após a vindima se juntavam todos a pisar as uvas no lagar. O perfume do azeite recém-prensado.

Tudo ainda tinha uma presença latente em seus dias. Misturava-se com os sons que agora lhe chegavam, vindos da rua: uma charrete que passava, o chilrear dos pardais, as vozes dos netos e dos filhos menores a correr juntos no quintal. E a impregnar todo o instante, o aroma da broa de milho assando no forno para acompanhar o café tão brasileiro, tão único, acabado de passar, que se anunciava em nuvens olfativas por todas as frestas da casa e que Alaíde já lhe iria trazer.

No fundo, talvez não seja tão diferente. Achei que ia ficar a vida toda num laboratório, passei para um consultório. E agora me meto a escrever. Mas não deixa de ser parecido. Continuo me dedicando a fragmentos. Lâminas no microscópio. Sintomas do paciente. Palavras. Tudo uma amostra. Só faz sentido quando a gente interpreta. Em relação a algo maior.

Fiz bem em desistir do curso de biologia marinha. Achava que ia ser uma forma de ter uma profissão que me deixasse perto do mar. Puro engano. Pelo menos na faculdade, era sempre entre quatro paredes. O sol lá fora, meus irmãos surfando, eu olhando células. Ou estudando classificações e nomenclatura. Palavras que, de tão objetivas e específicas, ficavam ocas. Um dia cansei. Mudei de ideia. Resolvi largar tudo de uma hora para outra. Uma *corazonada*, como dizia vovó Glorinha.

Mas ninguém na família se surpreendeu. Mamãe disse que sempre soubera que eu não nasci para bióloga. Só que não é capaz de me mostrar o que devo fazer. Diz que a procura é minha, só quer que eu seja feliz. Conversa de mãe. Papai conseguiu ser mais prático. Apesar de sua atitude meio *hippie*. Ou zen, sei lá. Paz e amor, como sempre.

— A gente só pode dar certo numa profissão quando consegue, ao mesmo tempo, ser útil e fazer uma coisa de que gosta. Afinal de contas, pode ser que você acabe passando a vida toda nessa atividade. Tem que adorar o que faz. É uma manifestação de amor à vida, entende? Descobrir uma forma de realização profissional que permita celebrar essa vida todo dia.

— Quem ouve Bruno falar até pensa que é simples assim — corrigiu o espírito prático de minha mãe, professora de história, que realmente tem muito prazer em dar aulas, mas sabe que é mal paga, desprestigiada socialmente e não teria tido como sustentar a família com um bom padrão de vida se precisasse sobreviver sozinha, apenas com seu salário.

É que para meu pai, de certo modo, foi fácil. Ele deu sorte. Nem estudou muito, mas deu certo. Para ele, a vida profissional foi uma extensão de seu sucesso, dos campeonatos que ganhou, das taças e medalhas que trouxe para casa, do gosto com que sempre surfou. Não quis ou não conseguiu se

afastar das ondas. Consertou pranchas, montou uma oficina, uma loja de material esportivo, fez nome, diversificou, abriu butique para surfista, está quase virando grife de moda surfe.
Para mim foi mais complicado. Eu não tinha esse foco claro. No começo não sabia o que fazer.
— Uma coisa que você adore, Letícia. Não se afaste disso — repetia meu pai. — Na minha opinião, deve ser ligado ao mar ou às histórias...
Esse tipo de clareza faz parte da personalidade dele. Capta no ar. Eu nunca tinha pensado nisso. Foi ele quem me chamou a atenção. Eu achava que ouvir e contar histórias fosse tão natural como respirar, que todo mundo fosse assim. Foi ele quem me mostrou que minha atração por narrativa é um pouco maior do que a dos outros.
Estou sempre lendo. Emendo um livro no outro, quando não leio dois ao mesmo tempo. Em pequena, festejava a hora de dormir porque sabia que ia ouvir mais um capítulo ou um conto novo. Parava tudo para prestar atenção em qualquer um que contasse um caso.
Quando vovó Glorinha era viva, eu era sua ouvinte mais constante, insaciável em minha curiosidade sobre a família e tudo de antigamente. Fazia com que ela me repetisse sempre as suas lembranças e o que os outros lhe tinham contado. Queria descrições exatas. Como era sua escola. Sua casa. A casa dos avós dela em Petrópolis. Os móveis, a louça, os objetos, o banheiro, a pianola, o fogão à lenha, a despensa, as comidas. Tudo isso fazia o cenário. Nele aconteciam as narrativas. O primeiro dia de aula no colégio novo no Rio. O domingo de Páscoa com a família reunida na serra. O Natal com ceia e missa do galo. A viagem de trem nos fins de semana. E antes disso, as histórias que ela ouvira sobre outros parentes que já morreram há tanto tempo. O colégio onde a mãe dela só falava francês. A cozinheira que deixava raspar o tacho de goiabada se as crianças ajudassem a trazer lenha para o fogão. As galinhas ciscando no quintal. A viagem do avô dela no porão do navio. A loja de ferragens em que ele foi trabalhar. As festas de São João em que se dançava até o dia clarear.

Seguindo o conselho de meu pai, examinei outras carreiras. Pensei em estudar jornalismo, letras, história. Acabei escolhendo psicologia, era da área biomédica, dava para aproveitar na faculdade uns créditos do que já tinha estudado em biologia marinha. Mas a ideia sempre foi tentar uma formação terapêutica depois. Para poder passar o resto da vida ouvindo histórias. E ser útil, como disse meu pai. Ajudar os outros a encontrar algum significado no que se vive, entender a dor, ficar em paz e ser mais feliz. Principalmente esses adolescentes que me chegam e que eu adoro, tão plenos, tão confusos, com tanto potencial sem rumo e tanto sofrimento não levado a sério pelos que estão em volta. Sei que este é um trabalho com sentido e que me faz bem. Ajudá-los a descobrir que podem escrever a própria história pela vida afora. Ainda que essa escrita seja apenas uma metáfora.

Nunca tinha pensado em passar para o outro lado. Agora é que me deu essa vontade de escrever. Experimentar meu próprio relato. Literalmente, sem metáfora. Uma palavra depois da outra, bordando o papel ponto a ponto, como vovó Glorinha bordava as toalhas. Mas sem risco nem plano. Muito mais arriscado. Então, nesse plano, corro o risco. As palavras brincam comigo e cintilam sua ambiguidade que plana ao meu redor. Riscos e planos: garantia prévia ou sintoma do labirinto?

Apenas escrever. Assim, solto, sem preocupação com qualquer estrutura. Sem compromisso com nada. Nem mesmo com um encadeamento linear, tudo certinho, ordenado, de começo-meio-fim. Sem arcabouço teórico sustentando, sem intenção de provar nada. Voo cego, sem ponto de chegada. Não, essa imagem não é boa. A ideia de voo é interessante, lembra liberdade, visão ampliada. Mas não é nada cego. Pelo contrário, acho que nunca enxerguei tão bem.

Se fosse jornalista, ia ter que respeitar a exatidão dos fatos, buscar fontes, investigar evidências, confrontar versões. Se tivesse estudado história, precisaria pesquisar documentos. Procurar nomes e datas. Fundamentar tudo. Tratar de coisas acontecidas de verdade.

No consultório, mais que nos livros, aprendi que a verdade não é monopólio das exatidões comprováveis. As versões podem ser tão verdadeiras quanto os fatos — apenas numa ordem diferente de realidade. Às vezes são até mais significativas e interessantes.

Um dia desses, um paciente falava na rivalidade que tem com um irmão mais velho. Sempre disputaram tudo. Lembrava que, na infância, os dois vinham juntos da escola e, ao chegar, contavam em casa como tinha sido seu dia. Tudo o que ele contava, o outro sempre retificava e corrigia: "Não foi nada disso. O Fulano está mentindo, ele sempre aumenta as coisas. É um exagerado." Meu cliente disse que tinha consciência do que fazia. Mesmo ao falar, sabia que estava enfeitando, modificando o que tinha acontecido. Eliminava episódios, acrescentava outros que poderiam ter ocorrido, punha em relevo detalhes esquecidos. Às vezes inventava mesmo. Para ficar mais interessante. Vendo a irritação do irmão, foi passando a inventar mais ainda. Chegou a ser castigado pelos pais, como mentiroso. Mas qualquer castigo compensava a alegria de criar uma história a que todos davam atenção. Valia a sensação de vitória diante de um competidor exato em tudo, incapaz de imaginar algo diferente do que vivera.

Esse meu paciente, embora muito jovem, hoje cria programas para computador. Nada mais exato e prático, talvez. Mas também, nada mais cheio de significados potenciais. A exploração de uma linguagem até suas últimas consequências.

No fundo, acho que é isso mesmo. A linguagem. O poder que as palavras têm para criar um mundo paralelo. O assunto é secundário.

Escrever apenas o que me der na telha. Às vezes me digo que estou com mania de querer escrever. Ou que preciso da escrita. Mas não é mania. Nem necessidade. É vontade. Desejo mesmo. Quero me dar este prazer.

Por que não?

* * *

Que língua era aquela que falavam à sua volta? Todos afirmavam que era a mesma que a sua, mas nem sempre percebia o que estavam a dizer. Não apenas muitas palavras eram incompreensíveis. Mas mesmo a grande maioria, que podia reconhecer, vinha mais aberta, ensolarada, cheia de vogais. Escorria sinuosa para os ouvidos, musical, em ritmo mais lento e melodia com altos e baixos. Chegava doce, íntima, cheia de sons nasais inesperados e de afetos sedutores. Os diminutivos em *-inho* pareciam diminuir mais as coisas, ou aproximá-las aos poucos, sem o corte abrupto dos finais em *-ito* que usara a vida toda.

— Espere aí um pouquinho... — lhe disseram.

Parecera-lhe um inconveniente menor do que esperar um pouquito. Artes da língua. Era português e não era. Igual e diferente. Como tudo neste lugar onde José acabava de desembarcar, sem encontrar ninguém conhecido. Nem mesmo o Vicente, com quem contava e que prometera estar à sua espera no cais.

Sentou-se sobre o saco de lona e resolveu aguardar um pouco. Talvez ainda estivesse um pouco atordoado com tantas novidades. Na certa o vizinho o procurava mais adiante. Num instante iria vê-lo. Não devia afastar-se dali. Também não se sentia disposto a caminhar muito, pois ainda não se reacostumara à terra firme. A todo momento tinha a sensação de que o chão adernava. Corrigia o equilíbrio num sobressalto, como se ainda estivesse andando pelo piso do navio, sendo balançado de um lado para o outro pelas ondas.

Engraçado isso. Ao entrar no navio estranhara tanto aquele movimento constante. Agora lhe parecia algo corriqueiro. Passados menos de quarenta dias de travessia, a sua terra já se lhe afigurava anos distante.

No entanto, lembrava-se bem de tudo. Não apenas da aldeia onde vivera por toda a vida e que deixara para trás. Mas recordava cada detalhe da viagem ao Porto, da estação ferroviária, da ida de comboio para Lisboa, da paisagem que passava apressada pelas janelas do vagão, da movimentação intensa nas ruas das duas cidades.

Não se esquecia de nada. Tinha uma bagagem de lembranças concretas. Porém, mais que tudo, carregava para sempre a marca funda das recomendações finais que ouvira, numa conversa séria na última noite em casa. O pai reunira os três filhos mais velhos como numa cerimônia de sagração, consolidando a entrada de José no mundo adulto masculino. Com ar solene, resumira o equipamento moral de que os dotara até então e com o qual agora deixava o futuro viajante cruzar o oceano. A bagagem que o acompanharia por todos os anos à sua frente. Tudo o que compunha um homem de bem. Ter palavra. Viver com dignidade. Ser honrado. Trabalhador. Reto. Íntegro.

— É a única herança que tenho para deixar-te, meu filho. Mas nenhum bem poderá ser mais precioso.

Na partida, novas lembranças vieram se somar às que já armazenava e que iriam alimentá-lo pela vida afora.

Trazia ainda bem viva a impressão da estranha floresta de mastros que avistara ao se aproximar do cais onde iria embarcar. Embora ancorado, o navio balançava muito. Naquele primeiro momento, José gostou. Parecia-lhe que a embarcação o compreendia. Como seu jovem coração, prestes a arrancar num galope, também o veleiro arfava ansioso por partir, mal contendo sua arrancada sobre as ondas. O garoto subiu a escada junto ao costado com a emoção de quem põe o pé no estribo para uma grande cavalgada.

Não imaginava o mundo que encontraria lá dentro. As bagagens dos viajantes sendo descidas ao porão por um cabrestante. Os cestos de legumes e frutas que ainda acabavam de ser descarregados de botes. Os caixotes com vidros e vidros de conservas. As gaiolas de galinhas e patos, os rebanhos de carneiros no porão, até uma vaca instalada num compartimento da proa. Os presuntos e chouriços pendurados em cordames, os sacos de mantimentos. Os papagaios e macacos de estimação dos tripulantes. Os tonéis de água. A quantidade de cordas e cabos para sustentar e movimentar velas. As ferragens enormes e pesadas.

Sentia-se quase tonto, diante de tanta coisa a se oferecer à sua visão. Para completar, novos sons rodopiavam em torno a seus ouvidos. O rangido do madeirame. O alarido de exclamações, berros, ordens e apitos, vindos de todas as direções, sobre um fundo sonoro de conversas e recomendações de despedida. O som do vento a sacudir com força as velas que se desdobravam. Os gritos ocasionais das aves marinhas que esvoaçavam em torno. O rumor constante das ondas a bater no casco, de leve, como afagos de despedida.

No porão onde viajou, não teve a sensação de fartura que talvez os passageiros lá em cima e o comandante tivessem tido, com tantas provisões a bordo. Mas de qualquer modo, dificilmente conseguiria comer muito — sobretudo nos primeiros dias. Nunca tinha pensado que alguém pudesse viver num lugar que se mexia tanto. Mal saíram do porto e alcançaram mar aberto, o navio começou a balançar forte. Os estômagos se embrulhavam. E quem fosse resistente ao enjoo do balanço, acabava passando mal de nojo, nauseado pelo mau cheiro e pela visão de tantos passageiros a vomitar. Alguns cambaleavam, outros se deixavam cair e ficavam inertes, outros corriam para o tombadilho e penduravam metade do corpo para fora da amurada em convulsões seguidas.

Com o passar dos dias, porém, o pequeno José foi se acostumando. Procurava ficar fora do porão tanto quanto podia. Era fundamental sair daquela escuridão e desconforto, ficar longe de todos aqueles corpos deitados pelo chão em esteiras ou sobre cobertores e trouxas, sob redes que se entrecruzavam, penduradas por toda parte. Afastando-se, perdia seu lugar e estava sempre a ter de buscar uma brecha onde instalar-se à noite para dormir no chão duro, usando o saco de lona como travesseiro. Mas tinha de sair do meio de todos aqueles cheiros humanos. E dos tantos barulhos que os acompanhavam — choros, tosses, gritos, pigarros, roncos, peidos, arrotos. Preferia o alarido lá de fora, que começava ainda de madrugada: vozes e passos dos marinheiros, baldes d'água sendo jogados, escovas esfregadas no convés.

Fez amizade com um dos grumetes e até o ajudava algumas vezes. Descobriu um lugar no tombadilho onde se aninhava junto a um escaler e passava desapercebido. Ficava horas a fio, a sentir o vento úmido e salgado, ar vivo a lhe fustigar.

Passados os primeiros dias de neblina, entregava-se todo à visão do horizonte com que tanto sonhara. Tio Adelino tinha razão. Existia mesmo aquela linha entre céu e mar, entre azul e azul — ou verde ou cinza. A cada noite, as estrelas iam mudando de posição, até que o menino deixou de encontrar no céu algumas de suas conhecidas que o acompanhavam desde sempre. E jamais perderia a memória esplêndida de sua primeira noite de lua cheia num céu tropical, refletida no mar sereno, enquanto o navio deslizava com todas as velas pandas, fendendo o oceano como uma faca quente na manteiga.

Era doce, era belo, era grandioso. Prateados pelo luar, marinheiros entoavam canções que exalavam saudades, acompanhados por uma gaita, pelos rangidos e estalidos do navio e pelo marulho das vagas. Fazia pensar em Deus de uma maneira aconchegante. José se aninhou em Seu colo, como o menino Jesus nos braços de seu santo patrono, na imagem que conhecia tão bem, do pequeno altar da igrejinha da aldeia. Beijou a medalha que a irmã lhe dera e que trazia ao pescoço numa tirinha de couro. Pediu proteção, nessa vida que iniciava ao mergulhar no desconhecido. Um mundo ignoto, de mar e terra, talvez com perigos capazes de lhe engolir corpo e alma.

Nomes e datas. Fugi deles, não quis estudar história. Não preciso dessas exatidões para o que estou escrevendo. De repente, eles me surpreendem e fazem falta. Não no texto. Na vida real, fora da escrita.

Depois do jantar, estávamos vendo televisão. O telefone tocou. Era minha tia Ângela, querendo falar com papai. Ele foi atender lá dentro. Daí a pouco voltou e me perguntou da porta, arriscando um olhar para alguma notícia que o interessava no telejornal:

— Letícia, você sabe os nomes dos meus tios-avós?
— Eu? Claro que não! Que ideia! Por quê?!
— A Ângela está querendo saber.

Parado junto à porta, voltou ao telefonema interrompido. Mas já interrompera também minha atenção ao noticiário. Fiquei pensando, revirando a memória, tentando recordar.

No primeiro momento, só tinha uma certeza: Nina era apenas um apelido da minha bisavó. O nome dela era esquisitíssimo. Eu nem sabia. Como se chamavam os irmãos dela? Eu não fazia ideia.

Quando ele voltou, eu lhe disse isso.

— Até aí, eu vou — disse ele. — Vovó Nina era minha avó. Isso eu sei bem. É capaz até de ter o nome dela na minha certidão de nascimento. Mas esse não precisa, porque eu sei. Um nome inesquecível: Herontilda. Com agá.

— Claro — concordei. — Se não fosse com agá, não teria dez letras diferentes. Isso a vovó Glorinha me explicou. Disse que o nome da mãe dela era especial, foi inventado pelo seu bisavô, para servir de código para os preços na loja.

— Pois é por isso mesmo que Ângela queria que eu te consultasse, minha filha. Por causa das lembranças que você tem de sua avó Glorinha. Ângela disse que mamãe vivia conversando com você sobre todas essas histórias de família e que, por isso, você talvez se lembrasse de uns nomes.

— As histórias eu até que sei um bocado... Sei que naquele tempo muitas vezes se usava escrever o preço de custo numa etiqueta colada em cada artigo, em código, para que na hora da venda o comerciante pudesse sempre saber até onde podia chegar se o freguês pechinchasse. Então eles escolhiam uma palavra com dez letras diferentes, em que cada uma pudesse funcionar como algarismo. E escreviam as letras na etiqueta... Assim, o vendedor sabia quanto lhe custara e o comprador não sabia qual a margem de lucro. Vovó contou que a mãe dela sempre reclamava de ter esse nome horrível, e se queixava da mania de segredo do pai. Por que ele não podia fazer como todo mundo e escolher uma palavra que já existia, como *Pernambuco*, por exemplo? Então, nesse caso, ela poderia ter se chamado Helena, ou Maria, ou Rita, como as amigas. Mas ele dizia que essas outras palavras não funcionavam como código, exatamente porque todo mundo conhecia e usava. O freguês podia saber também.

— E já que você sabe essas histórias, será que sabe de onde veio o nome Nina? — quis saber minha mãe. — Sempre tive uma certa curiosidade de saber. Não pode ser apelido de Herontilda, não tem nada a ver...

— Veio de Pequenina, que era como todo mundo a chamava quando ela nasceu — esclareci. — Já imaginou a cena? Uma mãe pegar uma nenenzinha no colo para dar de mamar e ficar chamando de Herontilda? Acho que a sua bisavó Alaíde não conseguia. Precisava arranjar um nome mais jeitosinho.

— E é por isso que a Ângela agora está tendo dificuldade — disse meu pai. — Vovó Alaíde e vovô Almada (na verdade, meus bisavós) tiveram uma filharada. Um monte de filhos, com um monte de nomes complicados...

— Treze, não é? Ou 12? — conferiu minha mãe.

— Treze, contando homens e mulheres. Treze que se criaram, fora uns dois ou três que morreram pequenos. E todas as meninas tinham apelido.

Ajudei no que sabia:

— Bom, eu sei que a sua avó Nina era a mais velha. E que depois teve outra irmã que ficou sendo sempre chamada de Pequenina mesmo, não sei o nome. E tinha uma Neném, uma Bebé, uma Baby, uma Miúda... Acho que tinha uma Chiquita também.

— E a Caçula, está esquecendo? — lembrou papai.

— Uma das que eram mais moças que minha mãe. Eu achava muito divertida essa história de sobrinhas e tias brincando de boneca juntas...

— Então, Bruno, se não perdi a conta, já estão aí as oito mulheres — resumiu minha mãe.

— Os homens tinham nomes mais fáceis: Homero, Hércules, Newton, Milton... Falta um. Nunca vou lembrar. E um deles, não sei qual, tinha o apelido de Alemão.

— Então devia se chamar Goethe — brincou ela.

— Com tantas homenagens eruditas...

— Não. Talvez fosse até um desses mesmo que eu já lembrei, era só apelido. Parece que era porque era muito louro, de olhos claros e cara vermelhona — ele esclareceu.

— Ah, desse eu ouvi falar... Vovó Glorinha sempre dizia que os avós discutiam por causa dele. Sua bisavó Alaíde dizia que era o único filho parecido com uma tal avó Alemoa dela, mas o velho Almada garantia que o garoto era a cara de um monte de parentes que tinham ficado em Portugal. E ela (quer dizer, vovó Glorinha, que me contava isso) não conseguia imaginar o colorido verdadeiro dele, porque conhecera o avô já velho, de cabeça branca, sem tomar sol, quase sempre deitado na cama. Mas garantia que os olhos eram claros.

— Grande coisa... Só podia mesmo lembrar dele assim. O cara ficou trinta anos deitado naquela cama. Começou quando ainda estava rijo e bem-disposto. Não precisava entregar os pontos. Eu com sessenta ainda pretendo estar surfando. Nem que seja em marola. Ou, pelo menos, velejando.

Todos conhecíamos essas histórias. A do velho Almada se retirando do mundo aos sessenta anos e a do meu pai pretendendo prorrogar sua vida surfista bem depois dos cinquenta. Tentei voltar ao começo:

— Mas por que é que tia Ângela queria saber os nomes dessa gente toda a esta altura?

— Sei lá, ela falou mas eu não entendi direito, estava ao mesmo tempo prestando atenção no noticiário da televisão. Parece que ligaram para ela de um hotel. Ou foi uma coisa de um cliente, não sei bem. É, acho que foi isso. Alguém que passou mal num hotel e ela foi chamada para atender, mas ficou achando que pode ser nosso parente. Talvez filho de um desses tios-avós, não sei. Por isso queria saber de todos, mas acho que não fui capaz de ajudar em nada. De qualquer modo, disse que o sobrenome era o mesmo.

Conhecendo a flutuação dos sobrenomes da família, minha mãe perguntou, rindo:

— Que sobrenome? Almada? Almeida? Ou Amado?

— Almeida Almada mesmo. Assim, nessa ordem. Igualzinho ao meu bisavô.

Isso deve ser mais raro. Vai ver, é parente mesmo. Fiquei curiosa. Amanhã ligo para tia Ângela e pergunto.

Depois de algum tempo à espera ali no cais, o menino pôs às costas seu saco de lona e resolveu caminhar um pouco pelas redondezas. Sem se afastar demais, para não desencontrar do Vicente quando este chegasse. Mas estava curioso. Era muita gente, muita coisa nova. Após mais de um mês no navio vendo as mesmas caras e as mesmas coisas, tudo o interessava.

Na verdade, os últimos três dias a bordo já tinham sido bem movimentados. Uma alegria ver terra depois de tanto tempo. Primeiro a linha da costa, escura a se destacar entre mar e céu. Em seguida, a sinuosidade das montanhas. Depois, já bem mais perto, a vegetação e as árvores, quebrando a monotonia recente, da eterna água a preencher todo o espaço que a vista alcançava.

A entrada da barra foi uma beleza. Todos acorreram ao tombadilho, ninguém queria mais saber de comer ou ficar fechado por um único minuto. Só se queria contemplar a paisagem, distinguir o famoso gigante deitado, o homem colossal formado pelas montanhas. Fazia dias que os tripulantes a toda hora falavam nele, e procuravam no horizonte sinais que anunciassem a proximidade dessa escultura natural que marcava a chegada ao Rio de Janeiro. Realmente, parecia um homem imenso, estendido no chão. Na silhueta rochosa, destacava-se o pé do colosso: o famoso granito do Pão de Açúcar, a guardar a entrada da baía.

O navio aproximou-se bastante desse rochedo para poder entrar na barra estreita. Dava para distinguir a pedra nua e uma vegetação esparsa. Nos outros morros, cobertos por mata fechada, percebiam-se palmeiras de variados tipos, bananeiras e muitas árvores de copas frondosas.

Passaram por um canal entre uma fortaleza à direita em terra firme e outra à esquerda, numa ilhota. Dessa, gritaram ordens: mandaram o navio içar sua bandeira e fizeram muitas perguntas.

O capitão se identificou, disse de onde vinha, quantos dias passara no mar, garantiu que não havia doentes a bordo. Só então pôde prosseguir, adentrando a baía até chegar junto a outro forte, com um nome francês que o pequeno José não conseguiu guardar. Aí, finalmente, a embarcação lançou âncora. Aproximaram-se uns pequenos botes — da alfândega, da saúde. Deles subiram uns homens a bordo, ficaram em conversas com o capitão e alguns tripulantes.

Ao mesmo tempo, vários outros barcos pequenos chegavam perto, vindos de todos os lados. Mas ninguém permitiu que seus robustos remadores subissem ao convés enquanto as autoridades não houvessem liberado os passageiros. Só então, estes puderam começar a descer, pelas escadas nos costados do navio. Cada um podia levar apenas uma pequena bagagem de mão. No caso de José, o inseparável saco de lona era tudo o que tinha mesmo. Para os outros viajantes, o restante da equipagem deveria ser recolhido mais tarde nos armazéns da alfândega, após serem examinados os fardos.

Sentado na falua com outros passageiros, o menino colhia a primeira impressão da terra onde iria viver o resto dos seus dias. Dois impactos simultâneos. Por todos os poros, o calor. Pelos olhos, o deslumbramento.

Um céu muito azul, sem nuvens, com um sol ardente a lhe esquentar o corpo. A beleza da baía, salpicada de ilhas e ilhotas, cobertas de vegetação. As montanhas — umas pontudas, algumas quase quadradas, muitas arredondadas — que, de perto, não formavam mais gigante algum. A vegetação que as cobria, muito verde, muito densa. Golfinhos por toda parte. Gaivotas e martins-pescadores mergulhando a todo instante, voltando com pequenos peixes no bico. O mar calmo e sem ondas, um espelho de águas limpas. A brisa agradável a lhe soprar pelos cabelos.

Deteve-se também a olhar o patrão da embarcação e seus quatro tripulantes. Todos negros, fortes, sem camisa. Pareceriam estátuas, não estivessem tão suados. Mas lembravam, sim, algumas esculturas que José vira nas praças das grandes cidades portuguesas por onde passara, a caminho de embarcar para esta nova terra. E todos tinham cicatrizes. Algumas eram nas costas, como marcas de chibatadas. Mas a maioria era no rosto, e seguia padrões regulares, a formar desenhos. O menino nunca vira tanta gente de pele escura de tão perto. Ficou fascinado.

Mesmo agora, depois de estar mais de meia hora sentado sobre a bagagem à espera do vizinho que viria encontrá-lo, não se fartava de olhar em volta e ver toda aquela gente nova. O cais ficava em frente ao mercado. Talvez por isso houvesse tanto movimento. Ouvia os pregões dos vendedores, admirava tanta coisa diferente. Ia caminhar um pouco por entre a multidão.

O que mais tem me interessado profissionalmente, nos últimos tempos, é uma possibilidade que está se desenvolvendo agora em outros países — a terapia breve. Baseia-se muito em narrativas, mas não apenas nos relatos feitos pelo paciente e que o levam ao processo de transferência, como na terapia clássica. É um outro método. Outro enfoque. Talvez não tão profundo. Inadequado às situações traumáticas esquecidas há tempos ou às neuroses mais complexas. Com certeza insuficiente nos casos de psicose. Mas capaz de dar uma ajuda real e minorar a dor da maioria das pessoas que procura apoio terapêutico no seu quotidiano. Uma forma de aconselhamento que não valoriza tanto o trabalho em processo, mas direciona seu foco à busca de solução.

Pode ser que esse interesse recente tenha sido uma das causas do meu fascínio pela escrita agora. É que essa terapia breve trabalha com uma troca de relatos. Há um intercâmbio. O paciente continua fazendo os seus. Mas o terapeuta também é chamado a apresentar outras histórias. Uma espécie de modelos de saída. Por isso há quem prefira dar outro nome a essa técnica, chamando-a de terapia de solução.

Acho interessante. E não apenas porque os adolescentes que vêm ao consultório têm pressa. Ou as famílias deles têm urgência. Mas muita gente nos procura porque quer um impulso para sair de uma situação difícil, tomar uma decisão, se entender melhor. Porém não se dispõe a uma busca mais funda no inconsciente. E talvez não precise. Ou não tem tempo ou dinheiro para se dar esse luxo de anos e anos de mergulho em si mesmo para o autoconhecimento.

Nesses casos mais simples, a terapia breve pode ser um bom caminho. Resolvi conhecer melhor essa proposta. Venho lendo sobre o assunto, há toda uma escola de autores contemporâneos sérios trabalhando com isso. Tantos que às vezes até me parece um exagero. Risco de ser uma moda superficial e passageira. Mas creio que por baixo do possível modismo pode haver uma ferramenta eficiente. Uma ajuda eficaz, se reconhecer seus limites.

De qualquer modo, o fato é que passei a procurar histórias para contar, que pudessem servir para desenvolver um conhecimento melhor da situação. Lançar luz sobre áreas de sombra. Ou acionar mecanismos eficientes de identificação e projeção. E, ao longo do processo, colaborar para que o paciente possa formular seu desejo, superar dores, entender fantasias, e se encaminhar para uma solução que o deixe bem consigo mesmo. Muitas vezes recorrendo à ajuda da arte, seja por meio da pintura, música, dramatização ou narrativa.

Não pensei é que tudo isso poderia ter este efeito em mim. Despertar esta vontade de escrever. Lembrar episódios familiares. Foi uma reação inesperada. Acho que fiquei saturada de viver metida em coleções de narrativas com objetivos práticos. Agora fico querendo outras histórias. Mais soltas. Sem compromisso. Gratuitas. Se é que isso existe, ainda mais para quem tem a deformação de estar sempre procurando significados e sentidos ocultos. Mas, de qualquer forma, histórias que não precisam se encaminhar para nada não têm intenções, não pretendem provar coisa alguma nem apontar soluções. Flutuam. Pairam. À deriva. Podem ir de um lado para o outro, ao sabor do desejo e do improviso. Recuperam a liberdade essencial que todo relato natural deve ter.

* * *

Foi enorme a surpresa do Vicente algumas semanas depois, ao ver José entrando de repente em sua loja. Não recebera a última carta da aldeia, confirmando a vinda do menino e lhe informando o nome do navio e a data provável da chegada. Por isso não fora esperá-lo como pretendia, continuava aguardando notícias.

Sem muita ansiedade, porém. Parecia que já se adaptara ao ritmo descansado que todos diziam caracterizar o novo país. Ao encontrar o menino, festejou sua chegada. Mas mal perguntou pelos parentes e pouco se interessou em saber de imediato como estavam os vizinhos e conhecidos que deixara do outro lado do oceano. Na certa lhe pareciam já tão distantes...

Apenas alguns dias depois, ao final de um jantar domingueiro, puxou uma conversa mais detalhada sobre o desembarque do menino e os dias que passara na capital. Mas com um ar vagamente distraído. Como se nunca realmente tivesse desejado saber dos detalhes de como José chegara a encontrar sua loja em Petrópolis. Mal prestou atenção quando o outro lhe contou como saíra andando pelas ruas do Rio de Janeiro com seu saco de lona às costas, ou como se admirara com o aspecto do mercado em frente ao cais, um dos lugares mais pitorescos que jamais vira.

Absorvido em suas próprias preocupações, Vicente não deu importância para o quadro que o menino lhe pintava com palavras. E era uma descrição cheia de pitoresco.

Negras de turbante, em roupas claras, acocoradas em esteiras debaixo de imensos guarda-sóis, pelo meio de frutas e legumes que José jamais vira antes. Outras a amamentar seus miúdos no meio da rua ou a carregar os filhos às costas, enganchados nos quadris e presos ao corpo da mãe por panos com listras de várias cores. Macaquinhos, tatus, papagaios, pássaros de toda plumagem, uma variedade de animais à venda. Mercadores de cuias e cabaças feitas de um vegetal desconhecido. Cerâmicas rústicas amontoadas: potes, vasos, jarras, alguidares e estranhas garrafas bojudas a que chamavam moringas. Comidas diferentes — maçarocas de milho assado, feijoada, uma tal farinha de mandioca, uns bolos e massas que não conhecia, tudo cheirando a um óleo dourado, um certo dendê. Ao fundo, o mercado de peixe fervilhava de gente, com a compra de sardinhas, mariscos, camarões e siris, ainda vivos, saindo direto para as mãos do freguês, de dentro das canoas que encostavam no cais.

Depois, o recém-chegado saíra a caminhar um pouco em torno a um casarão que lhe disseram ser o Paço. Mais adiante, tomara a maior rua que passava pelo largo, a rua Direita. Era larga, com casas altas enfileiradas dos dois lados, até lhe lembrava Lisboa. Tinha várias lojas e algumas igrejas. Entrou numa delas para rezar e agradecer a Deus pela boa viagem, admirou o belo altar de prata lavrada. Depois, ao entrar nas outras, verificou que o ouro era mais comum que a prata na ornamentação religiosa, mas tudo denotava riqueza. Nos degraus em frente às lojas e igrejas, mais negros acocorados entre mercadorias lhe confirmavam a vitalidade do comércio na cidade. Muitos caminhavam oferecendo seus produtos, em tabuleiros levados à cabeça ou pendurados ao pescoço por uma correia. Outros, ainda, ofereciam seus artigos em grandes cestos que levavam pendentes de uma vara portada ao ombro, um cesto de cada lado a equilibrar o peso. Algumas das mulheres vendedoras se vestiam com rendas e bordados e traziam longos colares misturados — de ouro, de coral, de marfim, de contas coloridas e de dentes de animais.

Parando junto a um desses vendedores para comer alguma coisa, acabou fazendo amizade com o patrão dele — um senhor Vieira, confeiteiro que morava ali por perto.

Ao saber que o menino acabara de chegar e não conhecia ninguém na cidade, o homem se compadecera de sua sorte e o chamara para almoçar em sua casa. José descobrira, então, que os brasileiros eram muito hospitaleiros, abriam suas portas e tinham sempre convidados à mesa. Além disso, gostavam de conversar e ficavam encantados com alguém que tivesse acabado de chegar da Europa. Fizeram inúmeras perguntas ao menino e, quando a dona da casa ouviu sua história, ficou com pena de vê-lo tão jovem e tão sozinho numa terra estranha. O casal então o convidou a ficar uns dias com eles, junto a seus filhos, até que chegasse o Vicente.

Durante algumas semanas, todo dia ele saía para ir ao cais, na esperança de encontrar o vizinho. Só quando começaram todos a desconfiar de que isso talvez não fosse acontecer, é que pensaram em fazer outros planos.

A primeira ideia dos donos da casa foi sugerir que ele ficasse por ali, trabalhando na confeitaria com o senhor Vieira ou ajudando dona Olímpia a preparar os tabuleiros de doces que os escravos de ganho vendiam pela rua. Mas o menino ponderou que precisava tentar achar o Vicente em Petrópolis, era o que combinara com os pais. Esse argumento foi poderoso para que o deixassem ir, munido de um pequeno farnel e preciosas instruções de como pegar um barco até o fundo da baía e, de lá, como chegar à raiz da serra, onde um comboio o levaria montanha acima, num caminho de ferro de que todos se orgulhavam e que havia sido inaugurado já fazia quase vinte anos, numa viagem feita pelo próprio imperador.

Chegando finalmente a Petrópolis, José percebeu que tomara a decisão acertada. O antigo vizinho da aldeia podia não ter aparecido no cais à espera do navio, nem feito preparativos para a incorporação do conterrâneo em seu núcleo familiar, mas não deixou dúvidas sobre a boa acolhida que lhe dispensava. Rapidamente ele e Rosa esvaziaram um pouco o quarto de fora, abrindo um espaço para que o menino pudesse ocupar. E o receberam de boa vontade.

Era um aposento pequeno e sem janelas, sem qualquer comunicação direta com o corpo de casa. Apenas um cubículo onde se guardavam ferramentas grandes e alguns caixotes de mercadorias. O novo hóspede dormiria as primeiras noites numa esteira no chão, enquanto não arranjavam um catre. Mas era o primeiro lugar todo seu que José conhecia na vida. Uma preciosidade com que jamais chegara a sonhar.

Em pouco tempo estava instalado e começava a aprender suas novas funções.

De início, ficava encarregado da limpeza e arrumação da loja, além de auxiliar no atendimento aos fregueses.

Em pouco tempo, revelou-se tão eficiente nessas tarefas que o patrão quis lhe dar novas atribuições. Para isso, era necessário que o rapaz soubesse ler, escrever, fazer contas mais complicadas. Em troca de um desconto no fornecimento de dobradiças, fechaduras, calandras, trincos, canos e torneiras para uma reforma no colégio dos padres, Vicente conseguiu que um dos religiosos concordasse em ministrar as primeiras letras a José, ao final de cada dia de trabalho.

Logo de imediato, duas coisas impressionaram muito o dono do negócio no convívio com o jovem.

A primeira foi sua disposição para o trabalho, aliada à capacidade de perceber a maneira de fazê-lo com mais eficácia. Ideias novas que poupavam esforço e tempo. Como, por exemplo, uma arrumação organizada e lógica que aproximava itens afins, fazendo com que se ganhasse tempo ao procurar qualquer coisa. Ou a preocupação em deixar em evidência, bem na entrada da loja, artigos caros que não eram essenciais mas podiam ser tentadores desde que fossem vistos e tivessem condições de se insinuar na imaginação do eventual visitante. O freguês entrava para procurar uma chave inglesa e acabava levando também um belo jogo de bacia e jarra esmaltadas, com bordas coloridas e enfeites de flores em ramagens. Coisa que jamais se lembraria de pedir se a visão dos objetos não o houvesse assaltado logo ao entrar no estabelecimento.

A outra qualidade que Vicente logo observou em seu novo empregado, ainda mais marcante, foi a inflexível retidão do menino. Ao varrer o chão, no final de cada dia, recolhia com cuidado cada pedaço de barbante, cada prego, cada rebite que caíra ou rolara para um canto no decorrer do dia. Entregava tudo ao patrão. Em seguida, conferia no inventário do estoque para ver se o item fora dado por perdido e seu reaparecimento estaria a exigir uma correção. Nunca se fizera isso naquele estabelecimento, nem era necessário que houvesse tanto rigor. O preço de venda da mercadoria já incluía uma margem que compensasse as perdas. Não carecia haver tanta preocupação com minúcias. Mas para José nada disso eram detalhes. Na verdade, ele nem pensava no que fazia. Tudo era apenas parte de sua atitude natural de honestidade.

Esse escrúpulo meticuloso deu uma ideia a Vicente. Sentia que o novo ajudante valia mais do que lhe estava custando. Quis recompensá-lo sem parecer que o estava protegendo, pois acreditava que melhor se aprende quando as coisas não são fáceis. Sendo ele mesmo um homem algo inconstante, de entusiasmos fáceis e desânimos sempre à espreita, achava que um excesso de estímulo poderia ser prejudicial ao jovem aprendiz e fazer com que perdesse o zelo. Mas, por outro lado, sua consciência lhe dizia que não estava correto explorar o trabalho alheio daquela forma. Ainda mais depois que viera para o Brasil e travara conhecimento quotidiano com a escravidão em torno a si. Seu espírito generoso horrorizava-se com o sofrimento dos negros e repelia aquela indignidade vergonhosa. Ouvia com atenção os discursos abolicionistas, que calavam fundo em seu coração bondoso. Não queria se comportar mal em relação a um patrício, tratá-lo como se fosse um daqueles abomináveis senhores de escravos que via à sua volta.

Combinara que só passaria a lhe pagar um salário ao final de um determinado prazo de trabalho e não achava sensato nem conveniente mudar essas condições. Esse era o trato e seria cumprido. Mas quis dar a José uma oportunidade de ganhar algo por sua conta. Disse-lhe que podia ficar com tudo o que catasse do chão no decorrer da limpeza diária, feita de madrugada antes que todos da casa se levantassem. E que, se acaso assim obtivesse peças em número suficiente ou qualidade adequada, podia vendê-las diretamente aos fregueses e ficar com o ganho. Eram coisas que teriam sido jogadas fora, de qualquer forma. Não lhe faziam falta.

Nos primeiros dias, Vicente ainda vigiou para ver se, com esse novo arranjo, o menino passaria a "deixar cair" diariamente alguns objetos miúdos enquanto atendia os clientes. Pelo contrário, o pequeno ajudante ficara mais atento do que nunca e, se algo ia ao chão, ele se dava ao trabalho de procurar imediatamente e recolocar em seu devido lugar. O patrão passou então a se fazer de distraído ou desastrado — todo dia derrubava algumas miudezas ou "se esquecia de guardar" algumas outras que depositara no solo. E encorajava José a oferecê-las aos fregueses. Era sua forma protetora de recompensar o ajudante, sem parecer que o fazia. Dessa maneira, quando finalmente começou a receber um ordenado, o rapaz já tinha um pequeno pé-de-meia.

Tinha também um pequeno círculo de relações. Empregados de fregueses, alunos do colégio dos padres, ajudantes de cavalariços e cocheiros. Um dia ouviu um deles dizer que o governo estava distribuindo umas terras nos arredores da cidade, para quem se comprometesse a plantar hortaliças para o abastecimento dos moradores. Lá para os lados do Caxangá, junto à mata.

Levou a novidade ao Vicente. Talvez o patrão se interessasse em diversificar as atividades, aumentar suas posses. Pelo que todos diziam, podia ser vantajoso. Uma iniciativa daquelas, com certeza, seria algo a se considerar.

Para sua surpresa, porém, o antigo vizinho não mostrou qualquer simpatia pela sugestão.

— Mas o que queres com isso? Não estás satisfeito aqui?

— Claro que estou. Mas nunca é demais ter uma terrinha onde plantar umas couves.

— Couves? Mas que conversa de couves é esta agora? Estás louco? Pretendes por acaso mudar de ramo? Abandonar o comércio? Deixar as ferragens? Logo agora que vais tão bem? — estranhou o patrão.

Não, não era nada disso. Não ia deixar nada. Mas não via sentido em perder uma oportunidade para ter algo de seu. Tentaria conciliar as duas coisas. Já sabia ler e escrever, não tinha mais aulas com o padre, nem precisava delas. Podia passar a fazer a limpeza da loja à noite. E reservar as madrugadas para o plantio e a rega das hortaliças. Sentia-se muito à vontade com essas atividades, lidava bem com a terra e com plantas. Afinal de contas, era o que sempre fizera na aldeia quando era menor. E naquele tempo tinha braços mais fracos, menos resistência, enfrentava um clima mais rude, lutava com uma terra mais árida. Durante o dia, Deus cuidaria da horta.

O patrão sabia que o rapazola era, antes de tudo, um camponês. Não adiantava discutir com o garoto diante do chamado da terra. Era melhor deixar que ele mesmo descobrisse sozinho como é diferente a lavoura por estas bandas do oceano. Falavam-lhe de formigas gigantescas e lagartas vorazes, de enchentes caudalosas, de secas atrozes, de todo tipo de praga terrível, parecia que por aqui tudo era exagerado. Ele é que não se meteria nessa aventura fadada ao fracasso.

Resolveu, no entanto, fechar os olhos e concordar com a tentativa do empregado. Ele que aprendesse por si mesmo.

Ao mesmo tempo, tinha perfeita consciência de como seu negócio já dependia da presença do jovem. Não podia se arriscar a perdê-lo. E temia que isso ocorresse, se aqueles planos agrícolas independentes começassem a dar certo, ainda que não fosse provável.

Para garantir a permanência do rapaz, ofereceu-lhe sociedade. Sempre seria uma tentação. José discutiu termos bem favoráveis, aceitou. Vicente concordou. Assim o jovem poderia dar vazão a suas saudades rurais mas não o abandonaria de uma hora para outra. Pensando bem, as terras do Caxangá até que poderiam ser um bom negócio. Era obrigado a reconhecer. Só não iria era se associar a essa empreitada insana.

Com o tempo, revelou-se que não era tão insana assim.

Terra fértil, em lugar ensolarado e de boa aguada, nem precisava de cuidados especiais de rega. Em poucas semanas, José contratou um empregado que cuidava dos canteiros quando ele não podia estar presente. Com o passar dos meses, a horta se multiplicava e o número de empregados também. Passou a ter também um pomar com árvores frutíferas. Cada vez mais, cada vez melhor. Mais diversificado. Uma fartura em expansão contínua, verdadeira terra prometida. Promessa não feita mas surpreendentemente cumprida de uma Canaã tropical e fecunda, em crescimento pujante que só seria interrompido muitas décadas depois, no século seguinte, quando a força dos interesses imobiliários dominasse a região e abafasse a voz da terra.

Nesse momento, no entanto, tudo brotava, crescia, frutificava. Em poucos anos, José produzia as melhores frutas e verduras da região. Era o fornecedor predileto da mesa imperial. Quando a Corte subia a serra para passar o verão e fugir do calor do Rio, todas as cozinhas da aristocracia disputavam seus produtos. Diante do viço das folhagens e do aroma das frutas, os elogios não tardavam:

— Ah, essas laranjas do Caxangá são incomparáveis. Tão douradas! Tão doces! Um mel. E do tamanho de um melão...

Ao mesmo tempo, o plano do sócio dera certo. Nem por um instante José descuidava do negócio. Vivia cheio de planos. Já administrava toda a parte de ferragens, que o Vicente deixara a seu cargo ao resolver ampliar as atividades também para o ramo de material de construção. Mas o jovem achava que deviam voar mais alto. Aumentar as importações. Negociar com móveis, objetos de arte, louças, baixelas. Tinham um mercado privilegiado a seu dispor — uma nobreza em permanente vilegiatura, disposta a encher palacetes com as últimas novidades de Paris.

Vicente hesitava. Estava cansado. Não queria se arriscar em novos empreendimentos. Isso iria aumentar muito seu trabalho. Na verdade, estava mesmo é pensando em voltar para Portugal. O filho mais velho morrera de uma febre malsã e a Rosa jamais se recuperara da dor. Ele mesmo andava macambúzio, sem ânimo. Quem sabe se novos ares não lhes fariam bem? Pelo menos distrairiam a mulher e talvez pudessem ajudá-la a se erguer daquele poço de tristeza sem fim. Acabou fazendo um negócio de pai para filho com José, que lhe permitiria ir embora em boas condições e deixava o outro como dono de tudo, com a obrigação de lhe enviar ainda umas parcelas por alguns anos, a fim de saldar o restante.

E assim, com pouco mais de vinte anos, José Almeida Almada, mais conhecido como o Almada do Caxangá, não apenas fornecia frutas, verduras e legumes para o imperador e toda a Corte, mas também era dono do estabelecimento comercial que viria a ser a maior loja de ferragens e armazém importador de toda a província. A Casa do Almada.

E só estava começando.

Pena o pai não ter podido saber disso, lá na aldeia. Morrera pouco antes, aos sessenta anos. Como antes dele, seu pai, seu avô e seus irmãos mais velhos. Como depois dele, seus irmãos mais moços. E até como o outro lado da família de José, os Almeida: igual sorte tiveram na mesma idade o tio Adelino, o tio Manoel e iria ter sua mãe daí a pouco. Sessenta anos, idade fatídica. José observava aquela coincidência e a registrava. Aos poucos, transformou-a em certeza: dos sessenta anos não passaria. Como todos os seus.

— Irmã da sua avó? Ah, Bruno, não me confunda a cabeça. Não pode ser.

A incredulidade de minha mãe era mais que justificada. Não dava mesmo para acreditar. Minha bisavó Nina já estava morta havia muito tempo. Eu nem a conhecera. Como é que agora aparecia essa sobrevivente da ninhada? Viva, zanzando por aí em Copacabana em pleno século XXI. Como se fosse a coisa mais normal do mundo. Brotando do nada, sem mais nem menos, de uma hora para a outra. Assim, no meio da noite, por obra e graça de um telefonema de tia Ângela. Não era possível, devia haver algum engano. Uma tia da vovó Glorinha?

Meu pai esclarecia:

— Mas é a coisa mais normal do mundo. Não precisa esse espanto todo. É só fazer as contas. E lembrar que minha avó Nina era a mais velha de 13 irmãos. Tinha alguns mais moços que os filhos dela. Acha que eu ia brincar com uma coisa dessas a esta altura?

— Esse argumento não vale. Você brinca com tudo. O que uma tia-avó num hotel de Copacabana ia ter de tão sagrado para ser poupada de suas brincadeiras?

— Mas vocês mesmas ouviram o telefone tocar, ouviram minha conversa com a Ângela...

— Claro, Bruno, ninguém está achando que você inventou essa história. Mas que é uma aparição meio inesperada, isso é. Você tem de concordar.

— E concordo. Concordamos todos. Tanto que a própria Ângela não imaginou isso quando a chamaram do hotel. Ela disse que quando o Gilberto ligou para ela, achou que ele devia estar falando de algum primo distante...

Interrompi:

— Espera aí, que agora eu me perdi de uma vez. O que o tio Gilberto tem a ver com essa história?

— Foi para ele que ligaram, do hotel. Como ele não podia ir, falou com Ângela.

O bom senso de minha mãe não podia deixar passar a observação:

— Tudo bem. Chamaram um médico de um hotel para atender uma velhinha que passou mal de noite. Por uma incrível coincidência, telefonaram justamente para uns parentes distantes da mulher. Recorrer a Ângela, que é pediatra, já é duro de engolir, fico achando que essa história está mal contada. Mas pedir socorro a um especialista em medicina esportiva tão badalado como o Gilberto? Aí eu já acho que é demais. O que é que sua tia-avó estava fazendo? Flexões abdominais para manter a forma? Ou se acidentou numa partida de vôlei de praia?

Eu ouvia aquela conversa toda como se estivesse assistindo a um filme. Ou a um seriado de televisão, em que conhecia os personagens e quase podia prever suas reações. Variantes semanais de um mesmo tema. Tive que rir com as imagens que mamãe trazia à imaginação. Minha tia-bisavó, tia da vovó Glorinha que eu já conhecera de cabelos grisalhos, só podia ser uma velha muito velha. Era engraçado pensar nela saracoteando por aí, às voltas com contusões esportivas... Mas papai continuava a explicação:

— Pois foi justamente porque o Gilberto é tão conhecido. Estava numa mesa-redonda ao vivo na televisão. Ela estava assistindo ao programa e comentou que aquele médico era sobrinho dela. Por isso é que o pessoal do hotel ligou para lá e chamou, até meio como uma tentativa, sem fazer muita fé. Ela já tinha falado nele outras vezes, mas parece que sempre vivia dizendo que era amiga de gente famosa ou importante. E ninguém acreditava. Só que desta vez era uma emergência e o gerente do hotel tanto insistiu que conseguiu falar com o Gilberto num intervalo do programa.

— E ela? Como está? Teve que ir para o hospital?

— É, pai... Afinal de contas, o que aconteceu?

— Nada demais. Ângela disse que passa aqui amanhã cedo para contar os detalhes e a gente resolver o que faz. Mas está tudo bem, ela já cuidou de tudo, a tia está instalada num quarto no hotel mesmo.

— Mas o que ela teve? — eu quis saber. — Que emergência foi essa?

— Não é um problema médico, é econômico. Está devendo uma nota preta no hotel.

Minha mãe se levantou:

— Bom, se amanhã vai ter reunião de família no café da manhã, e se na agenda vamos discutir novas contas a pagar, é melhor todo mundo tratar de dormir logo.

Circulando pela sala enquanto apagava uma a uma as luminárias nas mesinhas laterais, eu ainda perguntei:

— E afinal, qual o nome dessa tia, pai?

— Essa tinha um nome que parecia de produto químico, ou de doença: Doralite.

— Nunca ouvi falar.

— Nem eu. Todo mundo chamava de Caçula. Mas eu não lembro de ter conhecido. Só lembro vagamente que essa tia Caçula brigou com os irmãos e não falava mais com o resto da família.

— Por quê?

— Não faço a menor ideia. Boa noite, minha filha. E, pelo jeito, você continua a mesma menina perguntadeira de que minha mãe falava. Amanhã a gente fica sabendo. Ângela deve chegar cheia de histórias para contar.

* * *

— Está um dia tão bonito, Almada. Você bem que podia sair desse quarto um pouco.

— Não tenho nada para fazer lá fora.

— Mas eu tenho muita coisa para fazer aqui dentro. Saia, tome um pouco de sol, fique com os meninos no quintal. Eu aproveito para abrir tudo...

— Não é minha presença que impede isso, Alaíde. Tu abres as janelas de par em par todos os dias.

— Mas hoje eu quero mandar lavar o assoalho, encerar, passar o escovão...

— A toda hora fazes isso.

— Não, já se passaram quase dois meses da última vez. Vai ser bom para você. Sentar ao sol, olhar as árvores, respirar ar puro. A ameixeira está carregada. E dá para ver como a mata está bonita. As chuvas-de-ouro estão em flor.

Ele conhecia a beleza da mata e do quintal. Lembrava bem de tudo. Mas não lhe fazia falta. De qualquer modo, vencido pela insistência da mulher, levantou-se da cama, calçou as chinelas, vestiu por cima do pijama de flanela o roupão felpudo e foi andando pelo corredor. Não fazia questão de sair do quarto. Tinha ali tudo o que poderia necessitar nessa quadra da vida.

Não queria, porém, ser um estorvo para ninguém. Nem atrapalhar a vida da casa. Alaíde com suas faxinas. Os miúdos com suas correrias. A azáfama das empregadas. Se era melhor ele ficar algumas horas no quintal, faria isso.

Caminhou até o final do corredor, passou para a varanda dos fundos, andou até o canto, seguiu pela galeria coberta que conduzia ao exterior e dava direto no pequeno platô do morro. Sentou-se então numa cadeira de vime, semiprotegido do sol pelo rendilhado de sombra do caramanchão florido, ao lado do viveiro de pássaros com sua arvorezinha no meio.

Era agradável, e o velho Almada sabia que era. Cerrou um pouco os olhos e depois, ao abri-los, ficou examinando os fundos da casa que construíra para a família, por cima da imensa loja que dava para a rua. Ao contemplar as grandes janelas do sobrado — postigos e venezianas de pinho-de-riga italiano, ferragens alemãs, vidros soprados ingleses, tudo do melhor — acompanhava também com o olhar o declive da encosta a partir do ponto onde estava sentado. Descia mentalmente a escada rústica que baixava em suave zigue-zague por entre as plantas e chegava ao quintal inferior, junto à porta de serviço e às janelas do porão. Se entrasse por elas, logo teria acesso aos fundos da loja. Ou à escada que levava à copa no andar superior.

Gostava mais daquele espaço de cima, onde agora estava: jardim com hortênsias, roseiras, lírios amarelos, agapantos, todos a pintar o verde de cores diferentes, dependendo da época do ano. O de baixo é que era quintal mesmo, aproveitando a proteção da galeria para cobrir da chuva os dois tanques de cimento azulejado, o quartinho de ferramentas e a pilha de lenha pronta para ser levada para o fogão, enquanto deixava a descoberto o quaradouro de roupa, os varais, o galinheiro e a pequena horta.

Fora uma boa ideia construir a casa daquela maneira. Um sobradão imponente de frente para a rua e de fundos para o morro. O aclive do terreno bem-aproveitado atrás, permitindo quintal e jardim em dois níveis. Boa insolação. Do morro, pouco mais acima, vinha o murmúrio do riachinho que cortava a propriedade e onde as crianças gostavam de tomar banho nos dias de verão. Quem subisse mais ao alto, já então pelo caminho íngreme, encontraria a mina d'água, no seu canto sombreado entre o musgo que aveludava as pedras, cercada de avencas, framboesas e aquelas pequenas flores a que chamavam de marias-sem-vergonha. Desse recanto, tinha saudades. Lembrava-lhe a mina da casa paterna. Nunca mais iria lá. Nem a uma nem a outra.

Jamais esqueceria esses recantos, porém. Mesmo anos depois, se lembraria de uns e outros, os da aldeia e os do jardim que construíra. Presentes na memória. Junto com a certeza de que tampouco voltaria a um lugar como aquela florzinha rasteira que se espalhava pela encosta úmida. Sem vergonha. Sem aquela vexação a acompanhá-lo sempre. Algum sítio onde não fosse motivo de chacota de todo mundo. Onde um homem com sua história pudesse ser respeitado como merecia. Onde pudesse ser visto por todos sem aquela vontade de se esconder, sem aquele calor que lhe subia do peito e lhe fazia arder a face, só de pensar. Sem aquela mortificação, morte ficada insepulta para sempre na memória.

É muito conhecido o comentário de Freud: criança pequena não sente vergonha. Não sabe o que é isso. É um sentimento de desenvolvimento tardio. Como a piedade. Ambas estão ligadas à ética, de alguma forma. Ainda que não sejam nenhuma garantia moral. Mas funcionam como um obstáculo que leva o instinto de crueldade a se deter diante da dor do outro. As palavras são dele.

Venho me interessando muito pela vergonha. Quero entender. Tenho pensado nela. E acho que a gente esbarra aí numa imprecisão da palavra. Parece-me que cobrimos com o mesmo termo emoções um tanto diferentes, embora da mesma natureza. Os estudiosos distinguem duas formas, mas acho que há mais gradações do que isso.

A primeira é mais externa. Vem de fora para dentro. Precisa de plateia. Não funciona na intimidade. É um instrumento de controle social. O poder sempre a usou como forma de enquadramento. Fazer o outro passar vergonha. Impingir uma humilhação. Uma violência pública e pessoal, especificamente dirigida a alguém. Com destinatário certo e objetivo de domínio. Para ser eficiente, necessita de testemunhas. Quebra a dignidade alheia e exibe seu feito. Faz dobrar a espinha e baixar a cabeça. Tem o alvo claro de dominar a mente do outro e levá-la à submissão. Desmoralizar. Ou seja, tirar a moral. É um dos mais eficazes meios de exercício do poder. Quebra o inimigo por dentro. Em nossos dias, tem sido usado como forma de tortura por ditaduras e por potências poderosas, mediante precisas técnicas psicológicas para arrancar informações, ao submeter prisioneiros a situações que em sua cultura constituem uma vergonha suprema. Em outras épocas históricas já foi instrumento codificado de punição legal — a pena de ser exposto à execração pública. *Vejam todos. Mirem-se nesse exemplo. É o que acontece a quem se aventura por territórios proibidos. Que ninguém ouse.* Durava muito mais que a morte. Estendia-se pelas gerações seguintes. Manchava o nome. Muitas vezes até proibido de ser dito. E mudado pelos descendentes.

    A segunda acepção da palavra se refere a uma emoção mais interna. Tem a ver com a vergonha dos próprios atos. Também só se exerce em público, se alguém souber de um mal feito pela pessoa. Se esse ato — ou o sentimento decorrente de tê-lo praticado — ficar escondido para sempre, não há vexame. Depende da exposição para existir. Guardado na intimidade do sujeito, passa a outra coisa. Transforma-se em arrependimento, remorso. Aí já entra no território da culpa. No mundo contemporâneo, essa passa a ser então a mais eficiente maneira de que se possa adquirir um endosso social para ser apagado, para que uma dor causada aos outros possa desaparecer sem críticas ou cobranças alheias. Generaliza-se cada vez mais a crença de que ninguém deve se sentir culpado. Os conselhos dos livros de autoajuda ou dos consultórios sentimentais das revistas são muito claros. Quem estiver sofrendo com isso deve procurar se livrar da culpa. Não carregar esse fardo. Entender suas razões e se autoperdoar. Perceber que não precisa se torturar com os efeitos de seus atos. Há sempre atenuantes. Sem esquecer o precioso recurso de responsabilizar os outros — os pais, o governo, o sistema, o mundo moderno, vagas entidades impessoais. Visto do ângulo individual de cada um, ninguém mais deve se sentir culpado de nada. Uns mais, outros menos, somos todos vítimas. No máximo, há uma responsabilidade alheia, nunca própria.

    Efeitos da vulgarização de um jargão psicanalítico, talvez. Da banalização de uma linguagem pela leviandade da mídia. Sem a compreensão mais profunda de como a mente funciona. E sem a dimensão ética desses mecanismos que permitiram à humanidade viver em grupo, criar cultura, desenvolver civilização. Às vezes tenho a impressão de que, ao abandonar o tradicional exame de consciência e substituí-lo pela moderna análise do inconsciente, e ao fazer a apologia dessa troca em termos publicitários de quem propõe uma nova moda de comportamento, o homem contemporâneo não soube ainda instaurar uma ética leiga e humanista. Não consegue se adaptar ao que deveria ser uma poderosa conquista: a liberdade de viver sem o cabresto da religião a acusá-lo de tudo e pretender puni-lo por pensamentos, palavras e obras, atribuindo-lhe sempre uma culpa, uma grande culpa, uma máxima culpa. Ganhou uma autonomia desejável e preciosa mas não cicatrizou a ferida. Ao se livrar da culpa injustificada, jogou fora também a responsabilidade de procurar não causar dor desnecessária a seu semelhante e não fazer mal às outras criaturas da natureza. Ou aumentou exponencialmente a sua autoindulgência, a elasticidade do que possa considerar seus limites.

Mas isso já começa a escapar à esfera do que eu estava discutindo. Sai da psicologia para a ética, a política ou a sociologia. Fica a cargo de uma atividade do próprio leitor, a quem passo a palavra e os pensamentos neste meu *Kit Letícia de leitura*. Ler também faz pensar. Pelo menos, deve dar a chance.

Volto ao assunto.

Outra nuance de vergonha tem a ver com a primeira, porque parte do mundo externo. Mas não foi imposta de propósito, com o objetivo de castigar pelo exemplo. Pelo contrário, finge de inocente. Exerce-se no quotidiano, por meio do riso, da zombaria, da marginalização do diferente, da segregação. Criança em colégio conhece bem. Turma de adolescentes também. Encontra-se um caso em qualquer sala de aula. Vivo lidando com seus efeitos e a dor que causa na garotada que vem ao meu consultório. Como toda vergonha, depende de plateia para se manifestar. Mas, diferente das outras, vive sua plenitude internamente. É por dentro que cresce e faz sofrer. Está ali o tempo todo, associada ao medo da exposição. À flor da pele? À flor da alma? Não se liga apenas a um ato do sujeito ou a um episódio por ele sofrido. Mas a algo mais intrínseco, a um aspecto de ser. Tem parentesco com o pudor. Algo que o indivíduo não pode mudar, não quer mudar, não precisa mudar. Machuca por dentro mas insiste em sobreviver na mente. Como uma espécie de resistência. Tem a ver com a dignidade.

Com o conceito de honra. Pela história afora e em diferentes culturas, tem levado a suicídios inexplicáveis para quem não entende esses valores.

Valores, vergonha, honra, dignidade, desmoralização. Palavras grandiloquentes e tão fora de moda que se chega até à situação irônica de ter vergonha de discutir essas noções meio antiguinhas. De que tempo são esses conceitos que andam me ocupando? Por que irrompem em minhas reflexões ultimamente? Penso neles porque ando às voltas com a história do velho Almada? Ou só fui mergulhar nessa memória porque meu trabalho está fazendo com que me interesse por essas questões?

— Tem certeza de que não quer mesmo ir, vovô? A viagem é muito confortável. O navio é grande e rápido, a cabine é grande. Em cerca de vinte dias chegamos a Lisboa.

— Já disse que não me interessa.

— Vamos comigo, pai, para me fazer companhia — insistiu Nina.

O velho Almada ficou irredutível. Não adiantou a filha acenar com tentações afetivas ou o neto lhe fazer apelos para que não deixasse a mãe sozinha com ele na aldeia enquanto o pai se demorava um pouco mais em Viseu, resolvendo umas questões burocráticas.

— Não, não quero ir. Já morreram todos. O que vou fazer lá?

— Rever lugares, conversar com gente da sua terra. Ver como estão as coisas.

— Para quê?

— Ora, papai, para ficar sabendo, para matar as saudades.

— Para passear, vovô, ver lugares novos, conhecer outra gente, ver o mundo. Vai lhe fazer bem. O senhor está com saúde, precisa sair deste quarto, desta casa.

— Eu saio. Toda semana vou ao jardim. As meninas me obrigam. Não é como no tempo da Alaíde, em que eu só precisava sair de vez em quando.

Maria da Glória ouvia a discussão sem nenhuma dúvida sobre seu desfecho. Já tinha mais de 15 anos e nunca vira o avô sair de casa. Não passava do jardim — nos últimos anos com mais frequência, porque desde que a avó morrera, as tias faziam questão do banho de sol dele ao menos duas vezes por semana.

— Na volta tu me contas o que viste. Se mudou, não me interessa. Se não mudou, já sei bem como é.

— E como é? — perguntou ela, interferindo na conversa do irmão e da mãe com o avô.

— Tu já sabes, já te disse muitas vezes. Não andas farta do que conto tanto?

— O senhor sabe que adoro ouvir, não canso nunca. E o Otávio não sabe, o senhor não contou para ele.

— Ele nunca mo pediu.

— Pois estou pedindo agora, vovô Almada. Conta...

— Conto, sim. Porque a Maria da Glória pediu. Mas depois peço também algo a ela em troca.

— Combinado. Peça o que quiser. Mas agora conte...

O velho Almada contou da estrada por onde se seguia ao longo do riacho, da aproximação com a aldeia, de início apenas com a visão do campanário agudo, pombos voando em volta quando o sino tocava e os assustava. Descreveu a curva do caminho, a encosta plantada de videiras, os canteiros de hortaliças perto das casas. Depois, a chegada à pracinha, a passagem pela igreja, a visão das sepulturas ao fundo, com seus vasos sempre floridos, por entre as grades do pequeno cemitério.

— Basta então dobrar à direita e se chega à casa. Toda de pedra, com dois andares. O de baixo é só de porão, com o lagar, a adega e a despensa. Uma escada externa sobe pelo lado e vai dar direto na cozinha. Com vasos de plantas em todos os degraus. Não há como errar. Em cima da mesa há uma broa redonda, com uma faca cravada.

Nina riu:

— Bom, isso foi quando o senhor veio, papai. Hoje deve estar bem diferente. Aconteceu muita coisa na Europa. Até uma Grande Guerra.

— E uma grande recuperação, mamãe — corrigiu Otávio. — Todos falam do progresso que está havendo.

— Pois disso eu sei sem sair daqui. Leio jornais todos os dias. E as pessoas me contam o que acontece. Houve progresso maior que o avião? Pois vocês se esquecem de que o doutor Santos Dumont foi meu cliente? Que lhe forneci ferragens para construir sua casa? Pensam que nunca conversamos? Que não sei o que se passa no mundo?

— Sabemos disso, papai. O senhor acompanha tudo. Sabe que houve grandes mudanças em toda parte. Por isso mesmo, eu acho que o senhor deveria aproveitar a oportunidade de viajarmos juntos. Ver como estão as coisas.

— Já saberemos. Quando voltares, tu me contas.

— O senhor não quer pensar mais nesse assunto? Pode mudar de ideia e ir conosco.

— Não há o que pensar. Já está decidido. Vocês querem é tirar-me deste quarto, desta casa, eu sei. Mas não adianta. Não vou.

Foram todos se despedindo e saindo. Maria da Glória ficou para trás.

— Qual o seu pedido, vovô Almada? Já lhe disse que faço o que o senhor quiser.

— Pois o que te peço é muito simples. Mas se o fazes mesmo, me deixas muito contente.

O velho fez uma pausa, baixou a voz e disse, quase num murmúrio:

— Chama-me pelo nome. Ninguém mais o faz.

— Pelo nome? Como assim?

— José.

— Claro, vovô José. Se o senhor prefere.

— A menina assim me faz feliz. Até mesmo Alaíde me chamava pelo sobrenome. Não tenho mais um único amigo que me diga "José". Faz-me falta. Toda essa conversa sobre Portugal e a aldeia me fez perceber que em algum ponto, lá no fundo, ainda há um miúdo em mim. Não quero que se perca. Se o chamas, ele não morre antes que eu me vá deste mundo.

A neta tomou a mão do avô, afagou as veias azuis, tão nítidas na pele fina que mal cobria o desenho de cada osso. Acariciou-lhe também o rosto, beijou-lhe a testa.

— Claro, meu vovô José querido. Quer que eu peça a todo mundo para lhe chamar assim?

— Não, fica sendo algo só nosso. Como a cantiga da bailarina. Queres ouvi-la?

— Já estava indo apanhar...

Entregando ao avô a caixinha de música para que ele desse corda, Maria da Glória perguntou:

— E esse menino José que ainda está aí dentro do meu avô não vai me contar o segredo de não querer voltar a Portugal?

— Mas é tão simples, pensei que sabias. Ao fazer cinquenta anos, até pensei em lá ir. Demorei um pouco a decidir, me preparar para me afastar dos negócios por uns tempos, veio a Grande Guerra, a viagem ficou impossível. Nem eu mesmo queria lembrar que nasci por lá, preferia não me sentir um bárbaro europeu, não fazer parte daquela carnificina, daquela matança toda. Depois o tempo passou, as coisas mudaram. Não é mais hora de voltar. Não quero morrer por lá, não quero morrer a caminho. A morte se espera em casa, como sabes. É o que estou a fazer desde os sessenta anos. Deve chegar a qualquer momento, agora.

Abriu a tampa da caixinha, a bailarina pôs-se a girar, ficaram ouvindo a melodia. Ao final, a neta não pediu para que tocasse outra vez. Apenas guardou o objeto na gaveta, tomou a mão do avô, beijou-a, pediu-lhe a bênção e saiu.

— Mas você viu algum documento dela, tia Ângela? Conferiu se é mesmo parenta nossa?

— Não precisava, Letícia. Assim que entrei no saguão do hotel, reconheci imediatamente. É uma mistura da vovó Nina com a tia Eugênia. A cara da vovó, o mesmo risco da boca, nariz grande... Só que bem magrinha como a tia. E o mesmo jeito de andar das duas. Assim que se levantou e deu dois passos, meu coração se apertou de saudade. Foi incrível.

— Aí você se jogou nos braços dela e gritou: "Tia Doralite!", bem como numa cena de novela?

— Não brinca, menina. Não me joguei nos braços dela mas abracei, sim, com carinho de verdade, eu estava comovida. Mas não disse o nome dela. Aliás, não disse nome nenhum, a essa altura eu nem sabia. Nunca tinha sabido. Acho que, no máximo, ouvira falarem no apelido. Tia Caçula. Só que agora ela quer ser chamada de Dora. Todo mundo no hotel a tratava de dona Dora pra cá, dona Dora pra lá.

— E como é que ela foi parar nesse hotel?

— Ah, é uma longa história, que eu ainda nem tenho certeza de ter conseguido acompanhar muito bem. Mas dá para contar o essencial em poucas palavras.

Na verdade, o que tia Ângela contou não começava tão longe quanto eu gostaria, não emendava com as lembranças de seu bisavô Almada que vovó Glorinha me contava, com casos da infância ou da adolescência da tia Caçula. Mas o que importava é que ela tinha brigado com a família, nem sei bem quando, e se afastou de todos. Isso já em adulta, provavelmente depois da derrocada geral. Ou mesmo antes, quem sabe? Nem sei se foi antes ou depois da morte do pai, se ainda existia o sobradão com a Casa do Almada no térreo. Não faz diferença. De qualquer maneira, o fato é que ela tinha resolvido romper com todos e se mudou de Petrópolis para o Rio — não sei bem se nessa ordem ou ao contrário. Até aí, nada demais, alguns irmãos e sobrinhos também tinham vindo para a capital. Mas ela sempre evitou qualquer contato, fugiu dos encontros, recusou convites. Não casou, mas teve uma vida bem independente. Tia Ângela acha que ela era meio boêmia, ou se considerava um tanto artista, porque falou de um jeito que parecia indicar que o problema com a família tinha sido por aí. Não a entendiam, não queriam aceitar o comportamento dela. Não respeitavam sua vocação, ficavam querendo que fosse dona de casa, e isso ela não aceitava mesmo — pelo menos, deu uma quase explicação nessa área.

— Mas não disse em que trabalhava? Vivia de quê?

— Parece que fez um curso de contabilidade, foi trabalhar num escritório, foi corretora, depois conseguiu um emprego num cartório. Deve ter sido muito competente e capaz porque acabou como uma espécie de secretária, governanta e dama de companhia de uma senhora importante da sociedade, alguém da família Silva Dantas. Uma tal de Mariinha, que tinha sido colega dela, talvez no colégio em Petrópolis. As duas eram muito amigas e quando a outra ficou viúva chamou tia Dora para morarem juntas num apartamento imenso na avenida Atlântica.

— E ela está em Copacabana desse tempo?

— Pelo jeito, está. Há anos e anos. Essa Mariinha era rica, tinha muitos negócios, e como achou que o administrador que cuidava deles a estava passando para trás, resolveu tomar conta de tudo sozinha. Sem muita experiência, apoiou-se em tia Dora.

— O que você está chamando de se apoiar?

— Deu uma procuração para ela. Afinal, tia Dora era contadora formada, conhecia os meandros burocráticos dos cartórios, sabia fazer declarações de impostos e entendia de terminologia legal. Por isso, a viúva a encarregou de administrar tudo. Eram amigas desde mocinhas, confiava nela. E ainda tinha a grande vantagem de morarem juntas. Dava para acompanhar tudo de perto.

— E aí? Deu tudo errado?

— Muito pelo contrário. Pelo que eu consegui reconstituir do que tia Dora contou, deu tudo muito certo. O Bruno confirma. Ele tem um amigo que já fez um negócio com essa dona Mariinha. Diz que sabe que essa senhora continuou tendo uma fortuna muito sólida. É bom não menosprezar a capacidade da tia Dora para essas coisas. Se ela tiver herdado ao menos uma parte do talento e da capacidade empreendedora do pai nessa área...

— Na primeira ou na segunda fase do velho Almada?

— Em qualquer fase, Letícia. Pelo que mamãe contava, ele não perdeu nunca o talento para os negócios. Deitadinho naquela cama dele, lia os jornais todo dia e aconselhava quem viesse ouvi-lo, sempre de olho nas boas oportunidades. O desastre da segunda fase não foi por perda da capacidade. Foi por desistência mesmo.

— Mas voltando à tia Dora, o que aconteceu então? O que é que ela estava fazendo nesse hotel, tão cheia de dívidas?

— O que aconteceu foi que a velha amiga dela (e bota velha nisso, parece que elas foram colegas de turma...) morreu há uns dois anos. E a única filha (e herdeira dessa dona Mariinha) expulsou tia Dora de casa no próprio dia do enterro. Voltaram do cemitério, ela deu à velha um envelope com uma boa quantia de dinheiro e lhe disse que estava dispensando seus serviços, desejava que ela saísse imediatamente e mandasse buscar suas coisas depois, quando já estivesse instalada em outro lugar.

Em resumo, era isso. Tia Dora não tinha pensão nem aposentadoria. Encontrou um hotelzinho barato ali por perto e se hospedou nele, gastando as economias que tinha no banco e mais o que recebera para sair da casa da amiga. Até que o dinheiro acabou, já fazia uns dois ou três meses. Deixou de pagar. Não saía do quarto para não passar pela portaria, com medo de que não a deixassem voltar. Um ou outro empregado lhe levava de vez em quando uma sopa, um pão, um copo de leite. O gerente, com pena, foi fazendo vista grossa, enquanto tentava conversar com ela e descobrir algum parente que pudesse se responsabilizar pelo pagamento das despesas. Mas como a situação se prolongava, a direção acabou dando ordens para que a pusessem na rua. Sem ter para onde ir, ela ficou três dias pelas calçadas em volta, rondando por ali. De noite, se encostava na parede do hotel para dormir sentada no degrau. Tinha medo de ser atacada se fosse para longe. O porteiro lhe levou um cobertor para se enrolar e pediu que, ao menos, fosse discreta e ficasse junto à entrada dos fundos. No terceiro dia, choveu. Acabaram deixando que ela entrasse para passar a noite no saguão. E ali, diante da televisão ligada, ela viu a mesa-redonda em que Gilberto participava. Mais uma vez o identificou como seu sobrinho-neto, filho da Glorinha. O resto já se sabe.

— E agora?
— Mas que pergunta, Letícia. Agora nós vamos cuidar dela, é claro. Falta só resolver como.

Meu pai foi a Portugal uma vez. Ou, pelo menos, tentou ir. Depois da experiência, disse que nunca mais põe os pés lá.
Foi há alguns anos. Ele já estava casado, eu já tinha nascido — os gêmeos ainda não. É verdade que era muito jovem. Mas já era adulto, pai de família, responsável, profissional estabelecido.
Claro, era mais moço. Tinha muito mais acentuado todo esse jeitão de surfista que mantém até hoje e faz meus primos se referirem a ele como o Tio Garotão. Vive bronzeado, o que destaca os olhos verdes. É louro, de cabelo queimado pelo sol. Naquele tempo de longas cabeleiras, muito mais comprido.
Estava voltando de algumas dessas viagens que ele fez a vida toda com os amigos para surfar — ultimamente leva também meus irmãos. Não sei se ainda surfa ou apenas os acompanha, paga as contas e finge que desce em marola. Miguel e Gabriel não entregam, dão a maior cobertura. Falam com um orgulho que até parece que ele ainda vive trazendo troféus para casa. Mas naquele tempo, com pouco mais de vinte anos, ainda surfava e ganhava campeonatos. E volta e meia viajava para lugares diferentes. A eterna busca da onda ideal, de Costa Rica a Bali, do Havaí às praias africanas do oceano Índico. Tinha uma conexão em Londres, alguns dias livres, viu uma passagem bem barata para Lisboa, deu-lhe a ideia. Por que não?
Terra dos seus antepassados, sua terra também. Sempre tivera vontade de ir lá. Só não o fizera mais cedo, em sua longa jornada mochileira correndo a Europa no final da adolescência, porque antes da Revolução dos Cravos se recusava a ir a uma ditadura. Bastava a nossa, que não estávamos podendo evitar. Mas desde o 25 de abril andava muito querendo se sentir em solo português e ainda não tivera a oportunidade. Agora tinha.

Deixou a prancha e a mala maior no depósito de bagagens do aeroporto londrino e tomou o avião com uma sacola menor, apenas com o que fosse necessitar para uma temporada de poucos dias. Foi sonhando com o que iria encontrar. Andar pela Lisboa de Eça de Queiroz e Fernando Pessoa, ver o casario que nos inspirou, os locais de onde homens corajosos partiram para nos ajudar a nascer. Depois, iria em busca das origens: uma passada em Viseu para ver de onde vieram seu pai e seu avô Ramires (e onde perdemos totalmente o contato com qualquer parente), uma visita à aldeia de onde viera o seu bisavô Almada. A mãe e o pai tinham ido lá mais de uma vez e falavam do lugar e das pessoas com entusiasmo e carinho. Na verdade, vovó Glorinha trocara cartas de vez em quando com umas primas por lá, numa correspondência que só se interrompeu com a morte dela. Meu pai quase a ouvia aprovar entusiasmada:

— Mas que boa ideia, Bruno!

De coração leve e antegozando delícias, desembarcou e se dirigiu à fila da imigração. Com a alma ensolarada.

Aí, de repente, caiu a tempestade, sem qualquer aviso.

O funcionário resolveu implicar com ele. Parece que cometia dois crimes imperdoáveis: era brasileiro e jovem. Segundo essa visão catastrófica, só podia estar querendo imigrar ilegalmente, se estabelecer em Portugal para concorrer com os nacionais e tirar o emprego deles. De início, meu pai nem entendeu o equívoco. Achou graça, fez piada. Em seguida, quando viu que era sério, mudou o tom. Mostrou a passagem de volta para Londres. E mais a outra, para o Brasil. Surpreso, constatou que não provavam nada. Ao menos para a rigidez daquela visão burocrática e autoritária.

— Isso não significa coisa alguma. Muita gente traz passagens para negociá-las ao chegar. Dessa forma, sempre se garante algum dinheiro para cá ficar nos primeiros tempos.

Meu pai argumentou, mostrou os dólares que levava. Não adiantou. Não tinha reserva em hotel. Não viajava em uma excursão por intermédio de uma agência.

— Traz consigo algum comprovante de trabalho que o obrigue a voltar ao Brasil?

Não, não trazia. Além do mais, na oficina de conserto de pranchas, era seu próprio patrão. Explicou que tinha uma pequena empresa, família, compromissos.

— Isso é o que o senhor diz. Pode provar? Tem alguma garantia? Afinal de contas, é apenas sua palavra.

— Está me chamando de mentiroso?

Pronto, subiu o tom da discussão.

Irritado, meu pai começou a falar alto, o homem respondeu, levaram-no para uma salinha da polícia onde o deixaram muito tempo esperando e, afinal, o interrogaram sumariamente numa repetição da conversa com o funcionário anterior. Agora acrescida de ameaças e insinuações por causa de seu comportamento desrespeitoso com as autoridades, sua perturbação da ordem pública ao gritar no aeroporto.

Ele esbravejava:

— Mas isto é um absurdo! Eu vim fazer turismo, passar uns dias, ver uns parentes... Quero falar com o consulado, com a embaixada!

— Todos dizem isso. Se soubesse quantas vezes nós já vimos essa cena...

— O que foi que eu fiz de errado?

— E estar a gritar dessa maneira não basta?

Passou a noite por lá mesmo e no dia seguinte foi posto num avião de volta para Londres — o que já foi uma concessão especial, que lhe permitiria retirar sua bagagem lá e encontrar os amigos, porque chegaram a aventar a hipótese de repatriá-lo sumariamente para o Brasil.

De volta, ao contar a história, dava vazão à frustração e à raiva, fazia discurso:

—Não tem democracia que garanta contra funcionário de imigração. Com eles, é sempre ditadura. O poder que eles têm é total, final. Resolvem e pronto. Não precisam prestar contas a ninguém. É só o sujeito cismar com a sua cara e você está ferrado. Você não tem a quem recorrer, não adianta argumentar. Ele apresenta o caso para si mesmo, interpreta, julga, condena, executa, tudo em um minuto. Não tem recurso possível, não tem justiça nenhuma.

Toda vez que o assunto surge numa conversa, ele se exalta. Até hoje. Relembra, elabora as ideias:

— Muito injusto mesmo. Durante quase cinco séculos, eles nos viram como o quintal deles. Levaram nosso ouro, nossa riqueza, fizeram escravos aqui, trouxeram escravos da África, acabaram com nossos índios, exploraram o país enquanto puderam. Pilharam o que deu. Carregaram toda a riqueza em que conseguiram botar as mãos. Depois, quando ficamos independentes e eles perderam essa mamata, ficaram pobres, coitados. Aí começaram a mandar gente miserável para cá atrás de trabalho. Recebemos todos, de braços abertos. Nunca impedimos português de entrar aqui. Vieram em quantidades, nós acolhemos todo mundo, deixamos trabalhar, enriquecer. Demos a eles direitos iguais aos nossos, tem até deputado português no nosso Congresso. Tiveram uma ditadura de arrepiar? Precisaram se exilar? Nós recebemos, aceitamos todo mundo, demos refúgio e asilo enquanto não tivemos a nossa, enquanto não deixamos também de ser seguros até para nossa própria gente. Aí a história nos prega uma peça e nestes últimos tempos ficamos mal. O quê? Quanto tempo? Vinte anos? Vinte e cinco? Quase nada, quando se olha com perspectiva. Um cisco no olho da história, nem um vigésimo do tempo que eles nos exploraram... Mas enfim, é verdade que, recentemente, temos tido umas dificuldades econômicas. Um monte de brasileiro com vontade de trabalhar e sem oportunidade tem ido procurar uma chance por lá, terra dos nossos avós, a mesma língua, uma amizade tradicional, essa coisa toda. Mas não se compara ao tempo em que eles viveram às nossas custas... E a primeira coisa que os ingratos fazem é bater com a porta na nossa cara! Isso não está certo!

O tom exaltado nem sempre consegue esconder a dor maior. Ela às vezes aflora e ele manifesta:

— Ficam se achando os tais, os maiorais. São todos gentis, atenciosos, nos tratam muito bem, chamam de Vossa Excelência, o escambau... depois que deixam entrar. Mas só deixam uns poucos. E não têm a coragem de assumir a ingratidão, são uns cínicos, uns hipócritas. Era melhor que determinassem de uma vez por todas que a gente precisa de visto e deixassem cada consulado investigar antes se o cara pode ou não entrar no país. Mas não, fingem que são amigos, dizem que nos recebem, e aí humilham. O que fizeram comigo eu não vou esquecer nunca. Imperdoável. Não foi só porque não me deixaram entrar — desse absurdo eu já falei. Mas também pela maneira como me trataram. Foi uma crueldade gratuita, uma covardia, só para dar uma exibição de força e assustar um garoto. Me humilharam, me fizeram passar o maior vexame da minha vida. Atravessar aquele aeroporto com um policial de cada lado, todo mundo olhando. Como se eu tivesse feito alguma coisa errada, como se fosse um criminoso, um bandido. Vocês não sabem como um cara se sente passando por isso. E ainda tendo de aturar calado as coisas que eles diziam. Como se eu não fosse um homem, fosse uma coisa, um bicho, um lixo, um merda. Um detrito qualquer, que a gente tem de jogar fora. Ficavam gritando comigo, me ameaçando, e eu ali, impotente. Acuado, encolhido, sem poder reagir, morrendo de vergonha, querendo que a terra se abrisse para me engolir e ninguém visse aquilo. Não gosto nem de lembrar, não sei por que estou falando nisso. Queria esquecer. Já se passaram mais de vinte anos e eu ainda fico envergonhado só de pensar.

    Como o nojo, a vergonha não é só uma emoção ou uma sensação. Combina ambas. Traz uma resposta involuntária do corpo ao mundo exterior. Faz corar, como a repugnância, causa vômito. Vem das entranhas. De forma incontrolável. Diante dela, o sujeito deseja uma solução mágica — alguma morte súbita. Ou a própria ou a de quem causa a vergonha. Que a terra se abra para nos engolir ou um raio fulmine quem nos faz passar por aquilo. Depois, a mente anseia pelo esquecimento. E às vezes até parece ter êxito. Chega mesmo a esquecer que esqueceu, mas volta e meia a mortificação irrompe de novo, na vergonha da lembrança. Para Freud, é uma das maneiras pelas quais tentamos olvidar uma parte de nós mesmos, a fim de podermos entrar no mundo. Outros estudiosos a aproximam do luto, por encarar uma dor excessivamente penosa de contemplar — uma morte, uma perda externa ou interna. Mas assinalam também que ela é tão apavorante para a mente, tão aterrorizante, que se avizinha da paralisia e se aproxima de uma petrificação.

Gostava das pedras daquela nova paisagem. Não eram pedregulhos a coalhar o solo, a exigir serem retirados do terreno a ser arado. Ao contrário, afloravam da própria terra em grandes rochedos, blocos graníticos a constituir montanhas por cujas faces a água das grandes chuvas formava inúmeras cachoeiras pequeninas que existiam apenas por alguns dias ou horas e depois deixavam a superfície da pedra manchada de faixas claras verticais. Quando não eram íngremes em excesso, a inclinação logo permitia que se acumulasse um pouco de terra, e que a vegetação exuberante daquele clima em pouco tempo começasse a recobrir o relevo. Então a natureza ofertava sua dádiva preciosa: entre essas montanhas de pedra e mata, nas várzeas de todos os tamanhos, o solo guardava umidade e nutrientes carreados lá do alto, ou depositados pelos constantes transbordamentos dos pequenos riachos que as tempestades tropicais, volta e meia, transformavam em torrentes.

José percebeu que não devia ir contra a índole dos terrenos do Caxangá. Melhor seguir sua inclinação para poder aproveitá-los na plenitude. Nunca lhe faltaram. Sua fertilidade e pujança poderiam ilustrar qualquer sonho de um povo lavrador, viva encarnação tropical das benesses de uma terra prometida, da miragem do português Caminha na expedição do descobrimento ou da farta cornucópia grega da deusa Deméter.

Que ninguém se deixasse enganar pelas pedras.

Por outro lado, quem ultrapassasse esse paredão rochoso e se dirigisse mais para o interior do país veria que a partir daí as montanhas se arredondavam num mar de morros suaves no alto do planalto, só cortados de quando em quando por uma ou outra serra mais proeminente. Foi o que José Almada percebeu na primeira vez que tomou a estrada e se aventurou nessa direção.

Tentava ver se valeria a pena expandir os negócios para os lados de Minas, talvez abrir uma filial, começar uma rede de estabelecimentos. Achou que não. Preferiu fazê-lo de maneira indireta, abastecendo os mascates que percorriam o interior. Tornou-se, também, fornecedor dos pequenos comerciantes espalhados por uma fieira de vendinhas em uma profusão de vilas, povoados, cidades sonolentas de pequeno porte, ou de novos núcleos urbanos que se desenvolviam às margens da ferrovia que chegava. Ou da primeira grande estrada de rodagem do país, recém-aberta a partir de Petrópolis para o interior.

Os negócios iam bem. Já vivera mais de um quarto de século. Era hora de casar e constituir família.

Escolheu a filha de um comerciante de Juiz de Fora, homem de bem, aparentado com a Rosa do Vicente. Já tinham estado juntos algumas vezes em Petrópolis e, ao fazer sua incursão mineira, José lhe conheceu a família. Moças formosas, asseadas, trabalhadeiras. A mais velha estava prometida ao filho de um fazendeiro das redondezas. Pediu a mão de Alaíde, a segunda. O pai dela consentiu no casamento. Sabia que o português Almada tinha boa situação e um futuro promissor. Interessava-lhe aquela associação.

Ao fim de um noivado de ano e meio, realizaram-se as bodas, em Juiz de Fora. O novo casal se estabeleceu em Petrópolis, num chalé que José construiu num terreno que comprara no caminho da Mosela. À medida que a família foi crescendo — e os negócios também — foram se mudando para residências maiores, em pontos mais centrais. Quando resolveu ampliar as instalações do negócio e lhe abrir mais espaço, numa nova loja, grande como precisava, o português adquiriu um enorme terreno de frente para a rua principal, de uma antiga chácara que se estendia nos fundos e subia a encosta do morro. Fez, então, o imenso sobrado onde viveria até morrer. No térreo, o maior estabelecimento comercial que a cidade já vira, a Casa do Almada. No andar de cima, prolongando-se em comunicação direta com jardins e quintais em vários níveis, a casa suntuosa e confortável em que a numerosa família se instalava com folga.

Não dava festas nem costumava receber muita gente, embora tivesse sempre as portas abertas para os amigos. Mas os eventuais visitantes não se cansavam de admirar a beleza dos móveis de peroba-do-campo feitos pelos mais capazes marceneiros do país, os reposteiros e cortinas dos melhores tecidos franceses, as louças inglesas, a baixela portuguesa, o piano alemão, os lustres e cristais da Boêmia, os vasos sempre cheios de flores, as luminárias de opalina ou vidro trabalhado, as estatuetas, objetos de arte, tapetes, espelhos importados.

Tudo sem ostentação, mas da melhor qualidade. Sem luxo, mas com discreto requinte. Escolhido a dedo nos catálogos europeus pelo homem que importava tudo para as mansões da nobreza do Império e, depois, para os poderosos da República. Para a grande loja que agora ia muito além das ferragens e ferramentas, vendendo também casimira inglesa e peças de linho belga, brocados e adamascados para forrar móveis, aparelhos de jantar, faqueiros, prataria, objetos de arte, serviços completos de copos e taças de todo tipo, toda espécie de artigo que se desejasse importar.

Era só ir à Casa do Almada, sentar-se numa das poltronas da saleta enquanto se tomava um cafezinho, e folhear os catálogos. Em poucos meses, cruzando o mar e subindo a serra, chegava a encomenda de Paris, de Viena, de Londres, de Lisboa.

Nem mesmo o fim do Império foi capaz de abalar essa pujança comercial. Pelo contrário, lhe trouxe novos fregueses. Enquanto a industrialização não deslocava o eixo do poder para São Paulo, o estabelecimento importador continuou fornecendo de tudo para as grandes famílias que mantinham casas na cidade, a fim de acompanhar os presidentes da novíssima República em suas temporadas no clima ameno da serra. Mesmo os fazendeiros de café do Vale do Paraíba vinham regularmente se abastecer em seu negócio, seguindo o rio cujos caminhos, afinal, passavam razoavelmente perto dali em sua busca do mar.

Os tempos de prosperidade não se refletiam apenas no quotidiano da mesa farta cercada de crianças e adolescentes, ou na excelente qualidade dos tecidos que vestiam e dos sapatos que calçavam. Nem no número de criados que os serviam. Todos os filhos estudaram nos melhores colégios, numa cidade que tinha justos motivos para se orgulhar deles. Aprendiam desenho e música, falavam francês desde pequenos, tinham aulas de equitação.

    Todos tinham também acesso a qualquer loja da cidade. Era só entrar, escolher, mandar botar na conta do seu Almada, e levar. É claro que qualquer compra maior precisaria ser explicada em casa e a disciplina doméstica era severa. Mas a padaria e as confeitarias alemãs, marcas registradas da cidade, escapavam ao controle. Até os amigos das crianças sabiam disso. Um bando de meninos voltava da pescaria no rio, passava em frente, sentia o cheiro da última fornada, entrava, e pronto. Lá se ia uma cuca inteira para a conta do seu Almada. No fim do mês, ele mandava acertar, pagava sem discutir os quilos de biscoitos amanteigados, sonhos, pães doces e bolos consumidos. Sabia que não adoçava a boca apenas dos filhos e netos, mas de seus inúmeros amigos. Fazia vista grossa e pagava com prazer, achando graça na peraltice. Agia da mesma forma com as doceiras portuguesas e seus doces de ovos que também a ele enchiam de delícia o paladar e a memória, numa sucessão de sabores e nomes que o transportavam para o mais fundo de si mesmo: toucinhos do céu, pastéis de santa Clara, ovos moles, pastéis de nata, barrigas-de-freira, papos-de-anjo, ninhos de ovos. Sua prodigalidade cobria também as balas, caramelos, chocolates e cremes dos Patrone, dos D'Angelo, dos italianos que chegaram depois. Era tempo de framboesas? A criançada saía pelos morros catando as frutas que cresciam silvestres, enchiam os cestinhos. Depois, bastava passar na imensa confeitaria italiana da esquina e pedir o creme, que já vinha batido e com açúcar, embalado em potinhos de cerâmica e coberto de papel-manteiga. Delicioso. O seu Almada pagava. Perfeito.

    Para não falar nas delícias do Caxangá. Nos figos doces como melado. Nos pêssegos rosados com sua pele de veludo. Nas nêsperas douradas. Nas ameixas suculentas. Nas maçãs e nas peras. Nas bananas de todo tipo. Nas mangas de toda espécie. E nas tangerinas gostosíssimas, nos limões perfumados, nas laranjas.

    — Ah, as laranjas do Caxangá...

— Eram um mel, e do tamanho de um melão!

Viraram lenda. Como prova essa frase, transformada em bordão, dita num coro que ficou como uma brincadeira da família, repetida gerações depois, por crianças que nunca tinham ido lá e por adultos que nem ao menos seriam capazes de hoje saber qual bairro da atual cidade cobriu de casas e ruas as terras em que tamanhas delícias tinham existido e feito a alegria de tanta gente.

Não era a primeira vez que a família se mobilizava para ajudar um parente em necessidade. Mas nunca antes tinha sido de forma tão dramática.

— Vivendo na rua, Bruno? Coitada! Como uma coisa dessas acontece sem a gente nem desconfiar? Claro, pode contar comigo.

Meu pai, tio Gilberto e tia Ângela se revezaram ao telefone falando com os primos. Todos foram solidários, de uma forma ou de outra. Alguns se comprometeram a contribuir com uma quantia mensal. Um deles conseguiu vaga numa clínica boa, a preço razoável. E todos nos organizamos numa espécie de rodízio de visitas, para que tia Dora não se sentisse abandonada e tivesse companhia frequente. Mas tia Ângela foi quem coordenou tudo, não apenas por ser médica, mas por seu próprio temperamento em que generosidade desprendida e disciplina eficiente se misturam numa insólita mescla de anjo da guarda com sargento.

— Eu sabia que os netos da Nina, os filhos de Maria da Glória, não iam me deixar desamparada... — repetia tia Dora desde o primeiro momento.

— Mas por que não nos procurou? — insistia tia Ângela. — Um absurdo, a senhora ficar passando necessidade... Devia ter falado conosco.

— E você pensa que é fácil pedir ajuda? Eu tinha vergonha.

— Mas não é vergonha nenhuma. E a senhora mesma não disse que sabia que podia contar conosco?

— Ah, isso eu sabia mesmo. Por isso é que eu já tinha dito lá no hotel que vocês eram meus parentes. Falei tantas vezes... Mas eles não acreditavam.

Devia mesmo ter sido difícil acreditar. Ela misturava essas histórias com outras lembranças. Bailes no Palácio de Cristal. Conversas com filhos de viscondes. Concertos de piano em que fora aplaudida por baronesas. Passeios em charretes. Amizades com famílias de presidentes. Cavalgadas matutinas entre matas e cachoeiras. Enormes cestos de flores frescas que chegavam todas as manhãs. E frutas, muitas frutas. Incluindo laranjas douradas do tamanho de melões, doces como mel.

— Eu sabia, vocês todos sempre foram assim... — insistia, reconhecida, numa forma de agradecimento. — Quando a Eugênia ficou sozinha, o seu tio Otávio e o Rodrigo, avô de vocês, é que pagaram o colégio dos meninos. A vida toda, você sabia, menina?

Não, eu não sabia de nada. Na verdade, mal sabia quem eram esses meninos de quem tia Dora estava falando. E apenas vagamente associei a tia Eugênia do meu pai à história que já ouvira contar, da tia que casara com um bonitão contra a vontade dos pais, do marido que um dia saiu para comprar cigarro e nunca mais voltou, da família desamparada morando num quarto de pensão, da mulher valente e trabalhadora que criou os filhos dando aulas particulares de piano e fez deles gente de bem. Um capítulo edificante da grande narrativa da nossa família, exemplar como costumam ser todas as mitologias do gênero.

— E a pobre da Maria Eunice, o que seria dela se os irmãos não tivessem ajudado? — continuava tia Dora. — O marido sem emprego, desesperado, bebendo, doente, e ela com aquela filharada para criar... Se Otávio e Maria da Glória não tivessem ajudado a amparar... Na verdade, nem foi Maria da Glória mesmo, foi o Rodrigo. Seu avô foi um homem bom, menina, nunca se esqueça disso... Vocês têm a quem puxar... Foi ele quem arrumou emprego para os filhos da Maria Eunice... Um por um, todos encaminhados na vida. Se não fosse por seu avô, que nem ao menos era parente de sangue...

Não gosto nem de lembrar. A pobre da Maria Eunice sozinha, naquela máquina de costura desde antes do sol nascer...

Para tia Dora, com certeza o mergulho na memória devia servir para legitimar seu direito a ser cuidada, inserindo-a numa tradição familiar que não deixava dúvidas. Era parenta e pronto. Suas lembranças o comprovavam. Sabia os nomes de todos. Conhecia os episódios pregressos. Ao mesmo tempo, essa repetida evocação de lembranças situava a todos nós numa linhagem de obrigação, forçados a dar continuidade ao mesmo comportamento digno e solidário. Como se houvesse necessidade ou tivesse existido alguma dúvida em qualquer instante. Mas dava para compreender o mecanismo de defesa que a tia Caçula criava com essa litania.

Por outro lado, recordar e discorrer sobre o acontecido com seus sobrinhos era também uma forma de silenciar sobre sua própria história. Um jeito de contar muitos casos do passado familiar porém não dizer uma palavra sobre si mesma.

Em algum momento, seria bom se conseguisse revisitar sua memória pessoal, mergulhar nas lembranças do que viveu. Se eu pudesse ajudá-la, talvez isso lhe fizesse bem.

— A senhora era a mais moça dos irmãos, não é? Por isso é que seu apelido era Caçula. Mas com qual deles a senhora era mais ligada quando era criança?

— Não lembro.

— Não lembra mesmo?

— Não quero falar nisso.

Silêncio.

— Agora vá embora, quero ficar sozinha. Dormir um pouco.

Fechou os olhos e não disse mais nada. Fiquei sentada ao lado da cama. Duas ou três vezes, percebi que entreabria as pálpebras, só para ver se eu ainda estava ali. Ela fingia dormir. Fiquei até o final do horário de visitas. Mas não ouvi mais uma única palavra dela nesse dia.

Resolvi mudar de tática. Comprei uma caixa grande de lápis de cor e um bloco de papel de desenho. Na semana seguinte, levei para ela. No momento, não se manifestou. Mas daí a três dias tia Ângela me telefonou dizendo que ela mandara pedir um apontador e outro bloco, porque aquele já estava quase acabando. E os lápis já estavam com as pontas gastas. Bom sinal.

    Levei o material encomendado mas ela não me mostrou os desenhos que tinha feito. Respeitei. Não pedi para ver. Quando quisesse, me mostraria. Se preferisse esconder, tudo bem. O importante é que estava botando alguma coisa para fora.

    Daí a duas semanas, quando cheguei, vi as paredes do corredor cobertas de desenhos. A enfermeira explicou que ela distribuíra suas obras por várias colegas de enfermaria. Algumas das outras pacientes tinham resolvido enfeitar seus cantinhos, pedindo para colar as folhas perto das cabeceiras das camas. Era uma produção tão vasta que se derramou dos quartos individuais e do amplo dormitório coletivo, e agora começava a encher o corredor.

    Olhei com atenção. Eram desenhos toscos que revelavam um certo domínio de perspectiva, de sombras, vestígio de uma técnica aprendida, mas neles não havia nada especial. Reproduziam o ambiente do próprio quarto — os leitos, a janela, objetos como copos e garrafas térmicas. Cores escuras. Nenhum amarelo ou vermelho. Nenhuma figura humana.

    Elogiei. Pedi para ver mais, se houvesse. Com naturalidade, ela me passou os dois blocos. Muitas páginas tinham sido arrancadas, na distribuição generosa. Mas ainda havia bastante coisa. Mais desenhos do mesmo tipo. Alguns detalhes, estudos para desenhos que estavam nas paredes. Algumas folhas cheias de arabescos, gregas, motivos geométricos repetidos. Um deles tinha uma alternância de retângulos cheios e vazados, lembrava um teclado visto de cima, marfim e ébano, teclas brancas e pretas intercaladas. Na página seguinte, havia um belo desenho completo e acabado. Um piano aberto, daqueles antigos, com luminárias em forma de flor nas laterais, para lançar a luz sobre a estante da partitura. Reproduzido nos menores detalhes. Bem nítidos, os veios da madeira, em castanhos sombreados e claros. As folhas de papel abertas na estantezinha, com pautas e notas. Uma estatueta em cima, *art nouveau*, representava uma mulher dançando, envolta num pano que esvoaçava.

Antes que eu pudesse comentar alguma coisa, ela viu que eu estava olhando e fez um gesto rápido para retomar o bloco onde desenhara. Interrompeu-o a meio caminho e suspirou:

— Eu gostava tanto dele...

Paciente, não fiz perguntas. As memórias estavam chegando, seria bom revivê-las. Quem seria esse misterioso amado que a fazia suspirar? Esperei que tia Dora identificasse a causa da lembrança amorosa. Daí a pouco, veio:

— Sinto tanta falta... Tanta mesmo... Às vezes não sei como posso continuar a viver sem ele.

Preparei-me para ouvir a evocação de uma história de amor, contada por aquela velhinha mirrada, às vezes trêmula, de aparência frágil, cabeça totalmente branca, olhos velados por uma membrana úmida.

Quase num sussurro, ela apenas murmurou:
— Meu piano...
Mais não disse nesse dia.

Deixou-me a impressão de que não se referia a um homem, mas que o objeto de seus suspiros e suas lembranças tão carregadas de emoção era o instrumento.

Saí da clínica decidida. Ainda não sabia como, mas eu ia tentar ajudá-la por dentro. Aliviar essa aflição. Para que os dias que lhe restavam fossem mais leves. De melhor qualidade, se possível.

No dia em que nasceu a primeira filha, José levou um susto com a força do que sentiu. Não estava acostumado a permitir que grandes sentimentos o invadissem. Muito menos a deixar que vissem o que lhe ia no peito. Ficou perdido, atarantado, sem saber o que fazer. E perplexo com aquele tumulto de emoções.

Do lado de fora do quarto, impedido de entrar durante horas, ouvia os gemidos e alguns gritos de Alaíde. Mas se sentia inútil. Apenas vivia a espera aflita. A preocupação com a correria das mulheres a passar depressa, com bacias, panos, jarras de água quente. A impotência que o paralisava, diante da autoridade da sogra a dar ordens dentro de casa.

Seguiu os conselhos dela e foi para a loja. Atendia os fregueses, mas não conseguia lhes dar atenção. Seu pensamento estava no quarto, no andar de cima, nos fundos da casa. Finalmente vieram chamá-lo, já no fim do dia:

— Nasceu, seu Almada!

— É uma menina! Venha ver...

Preferia um menino. Para ajudá-lo no trabalho. Para se chamar Manoel, como seu pai. Para perpetuar o nome da família.

A primeira sensação foi de desapontamento. Acreditava que meninas não têm a mesma importância. Dão preocupações, dão despesas, vão-se embora um dia com outro sobrenome.

Entrou no quarto, cumprimentou a mulher, foi olhar a trouxinha no berço. Aquela carinha comum, de todo recém-nascido. Do leito, Alaíde lhe enviava um sorriso cansado. Retribuiu e comunicou a ela o nome que escolhera para a filha. Recuperava algo de sua autoridade. Deu-se conta de seu poder bíblico, de nomear e ordenar. Sorriu com mais vontade.

De repente, a sogra tirou o bebê do berço e lhe ofereceu:

— Não quer pegar no colo um pouquinho?

Ia protestar e declinar, mas não houve tempo:

— É sua filha, homem... Pegue.

Quando deu por si, todo desajeitado, já estava segurando o pequeno fardo vivo. Um ser de olhos fechados, envolto em alvos panos bordados, a respirar suave. Tão frágil, tão vulnerável, tão dependente. Como se estivesse fora de si mesmo, de um ponto de observação externo, José viu a si próprio, de repente, com outros olhos e sob outra luz. Pai de família, chefe de um clã que agora se iniciava em terras distantes daquela em que nascera.

Sentiu o calor que vinha daquele corpinho minúsculo, a lhe aquecer o sangue como em febre. A menina se mexeu de leve, sempre de olhos fechados, como um gatinho. Um filhote desamparado. E ele sentiu o próprio corpo a ter uma reação absurda, algo diferente a minar lá no fundo, enchê-lo todo, sem caber, quase a entornar. A alma toda prestes a transbordar, a querer lhe escorrer pelos olhos. O coração a bater forte. Um impulso inesperado e estranho, de abraçar o bebê com força, cobri-lo de beijos. Vontade de guardar aquela nova vida, tão frágil, dentro da fortaleza de seu próprio corpo, agora que Alaíde não mais a trazia na proteção de seu ventre. Fazer tudo a seu alcance para que jamais acontecesse mal algum àquela pequenina. Enfrentar o mundo todo por ela, se necessário fosse.

Queria rir e chorar ao mesmo tempo, gritar e brindar, cantar e dançar. Não sabia o que fazer com esses ímpetos. Não era dado a essas efusões. Controlou-se como de costume. Depositou o bebê no berço, deu um beijo na testa da mulher e se retirou do quarto.

Lá fora, comunicou à sogra que ia sair, tinha que ver umas coisas no Caxangá, talvez só voltasse muito tarde ou no dia seguinte. Passou pela adega, escolheu uma garrafa do melhor vinho. Mandou selar o cavalo, agasalhou-se bem e foi para a chácara.

Quando chegou ao Caxangá, já havia anoitecido. Os empregados se assustaram com aquela visita inesperada, ele contou que a filha tinha nascido, por isso não pudera vir antes. Mas explicou que precisava ver umas coisas no pomar. Falou vagamente em seguir uns carreiros de formiga que trabalhavam à noite, para ver se descobria onde era o formigueiro. Disse que queria ficar sozinho — e foi prontamente obedecido. Ninguém fazia mesmo questão de estar ao relento naquela noite fria.

Deram-lhe um lampião, embora nem carecesse, de tão claro que estava o luar. Ele se afastou um pouco, passou pela horta e pelo pomar, continuou andando. Foi até o pasto perto do pequeno curral, escolheu um lugar onde não fosse visto nem ouvido, perto de uma grande sapucaia remanescente da mata original. No escuro, era impossível ver a folhagem nova e rosada que distinguia sua copa e atraía os olhares desde a distância. Também sua sombra, convidativa e amena para os rebanhos nos dias ensolarados, era agora inútil, apenas uma mancha escura sob a luz prateada. Mas, de alguma forma, junto a ela, José se sentiu acompanhado de algum modo primitivo.

Acendeu uma fogueirinha para se aquecer. Abriu a garrafa com o saca-rolhas do canivete. Estranho sítio para fazê-lo, no meio de uma pastagem de um país tropical. Se não fossem as estrelas diferentes, poderia estar em qualquer outro lugar. Um homem na noite, num campo, junto ao lume, recostado num tronco de árvore, a beber do gargalo de uma garrafa de vinho. Como seu pai poderia ter feito tantas vezes em Portugal. Talvez até quando ele nascera.

Mas agora, a partir desse dia, tudo era diferente. Também ele tinha uma filha. Pela primeira vez, tinha a nítida compreensão do que é o amor paterno. Agora se sentia capaz de avaliar o que seu pai devia ter sentido quando ele veio ao mundo. Ou as emoções que, com certeza, o velho vivera quando ele ainda era menino e decidira deixar a todos, vir embora para o Brasil, cruzar o Atlântico para nunca mais voltar. Brindou aos pais, mentalmente. Ofereceu-lhes aquela nova alma recém-chegada, herdada das suas, abrigada em sangue de seu sangue, em outras terras e outros climas. Mas podia também oferecer à memória paterna a alegria de estar em uma terra que fizera sua, o pedaço de chão que cultivara com seu trabalho, o solo que começara a semear com o esforço das madrugadas de vigília, e agora lhe retribuía dando frutos amadurecidos — graças a seus braços e a lhes ter dedicado um tempo de sua vida, adubado pelas bênçãos de Deus.

José não tinha ideias místicas e nem mesmo sabia se era religioso ou se apenas seguia vagos ensinamentos aprendidos e ia à missa aos domingos porque era o que todos faziam. Não costumava rezar nem perdia tempo pensando muito nessas coisas. Mas nessa noite em que nasceu sua primeira filha, os sentimentos e o vinho lhe deram algumas sensações estranhas. Percebeu-se parte de uma espécie de sociedade divina, parceiro de Deus em desígnios que não compreendia. Começou a entender o espaço do mundo de forma diferente, dividido entre um imenso continente antigo onde estavam sepultados os ossos de seus antepassados e um grande país novo onde daí a poucos dias iria enterrar o toco do umbigo de sua recém-nascida, em suas próprias terras. Compreendeu que nunca mais conseguiria dissociar esse espaço do tempo em que estava imerso. E que aquela vida nova, plantada por sua semente no útero de uma mulher que encontrara deste lado do mar, agora existia por si mesma. Modificava para sempre sua consciência de cada dia e ano que, ao passar, teciam sua própria existência.

Um pai de família. Era isso o que José se descobria nesse momento. Inserido numa linha do tempo, que vinha dos pais, dos avós, dos bisavós, de tantos outros que ficaram para trás na lembrança da aldeia longínqua, à beira do riacho. Uma linha que continuaria a seguir adiante, numa direção desconhecida, em filhos, netos, bisnetos e tantos outros, nesta terra de além-mar. Como se só agora estivesse realmente sendo um adulto, cumprindo seu destino de homem, abandonando as brincadeiras de criança para construir o duradouro. Deixando para trás o efêmero e transitório para se plantar no eterno.

Até então, o tempo não havia sido mais que um pião colorido, a girar sobre si mesmo, em ciclos, a oferecer sempre a mesma face de quando em quando. As estações que se sucediam, os aniversários que voltavam, os Natais que se repetiam. Subitamente, deixava esse caminho redondo e adquiria uma direção. Passava a ser uma estrada que nunca mais retornaria sobre si mesma.

José já o vivenciava com uma urgência nova.

De repente, queria voltar logo para casa, não perder o despertar da primeira manhã da filha, ver quando abrisse os olhos, presenciar a primeira mamada, testemunhar todas as primícias inaugurais e únicas. De alguma forma intuía que, ao tomar parte nessas aparentes miudezas, estaria a mergulhar em algo essencial, permanente, acima e além de toda e qualquer circunstância passageira ou mutável ao sabor de ninharias.

Da consciência de um tempo novo, aquele homem tomando seu vinho na noite voltava também a contemplar tudo o que estava a seu redor. Apesar da escuridão, via ao luar o espaço modificado. Transformado por novas sensações, emoções ocultas, pensamentos não formulados. Agora José se percebia fértil, pela primeira vez em sua existência. Inauguralmente fecundo. Não apenas como o touro que emprenhara uma vaca e seguira para outros pastos, mas como a própria vaca recém-parida, guardando o futuro na sustança de seus úberes pojados. Agente natural de um milagre sem precisar pensar nisso. Um animal que deixa marcas no mundo, mas não necessita saber que permanece, ao contemplar sua cria pastando. Apenas está ali. Apenas é.

"O mistério das coisas é elas não possuírem mistério algum" — iria dizer um poeta seu conterrâneo, pela boca de um guardador de rebanhos, alguns anos mais tarde. José não sabia disso, nem precisava. Era uma árvore que dava frutos. Podia morrer e no entanto não morreria, algo seu continuava. Mais até do que o animal e a árvore.

Uma vez, num convés de navio a caminho da América, vendo os reflexos da lua no mar e ouvindo canções marinheiras, o menino emigrante compreendera sua pequenez e desejara o colo de Deus. Agora, sob o céu onde o Cruzeiro do Sul era atenuado pelo brilho do luar, José Almada vivia outro instante de entendimento ao perceber sua própria imensidão. Transcendia a si mesmo e ao mesmo tempo se descobria parte de algo muito maior. Quase como a terra, cuja fecundidade vence a morte ao se alimentar de detritos mortos para gerar novas vidas. Não afeito a expressar o que lhe ia na alma, seria incapaz de exprimir em palavras toda essa nova consciência gerada pelas emoções do dia. Apenas intuía, sentia e se percebia para sempre modificado, em alguma coisa funda que ia além da realidade concreta que o cercava. Além das estrelas que contemplava no céu, do calor que lhe vinha das brasas da fogueira, do sólido apoio com que o tronco da sapucaia o recebera ou agora a terra fria e úmida acolhia o peso de seu corpo estendido. Tudo lhe cantava que agora tinha uma filha e precisava zelar por ela. Era pai e protetor.

Só muito tarde, garrafa vazia e fogueira apagada, José se levantou para voltar para casa. De alma plena e coração aceso. Nunca mais seria o mesmo, por mais que tentasse manter a compostura anterior.

Ao chegar em casa, a menina chorava. Foi vê-la de perto, tomou-a nos braços, aconchegou-a ao peito e começou a cantarolar baixinho. Ela deve ter gostado da voz e do calor, porque sossegou.

Na cama, Alaíde fechou os olhos e fingiu dormir. Era um gesto de carinho com o marido, para que ele não percebesse que ela o estava vendo naquele estado. Um homem que sempre fizera questão de se mostrar fechado e agora mal continha as emoções. De nariz vermelho, com ocasionais lágrimas escorrendo pelo rosto, cantava num sussurro para a filha as únicas peças de seu repertório: fados e cantigas folclóricas portuguesas, nesse momento inauguradas como imutáveis acalantos de muitos dos Almada que se seguiriam, por gerações brasileiras a fio.

Meu tio-avô Otávio contava que o que mais o impressionou na aldeia, quando esteve em Portugal ainda bem moço com os pais, foi o fato de que tudo era exatamente como o avô dele tinha descrito. Até mesmo quando chegaram à casa da família. Encontraram uma parenta com um ancinho, afofando a terra de um canteiro na horta. Quando se identificaram, ela fez muita festa, os recebeu muito bem e disse que fossem logo entrando em casa, enquanto lavava as mãos no tanque, que subiria os degraus em seguida.

Entraram na casa sozinhos. A porta entreaberta. O pão em cima da mesa. Exatamente igual ao que sempre tinham ouvido. A tal broa redonda com a faca cravada nela.

Minha avó Glorinha também foi lá algumas vezes, com meu avô Rodrigo. Também teve uma impressão de permanência, de continuidade. Uma sensação de coisas que não mudavam. Mas de modo diferente. Canções antigas entoadas por primos distantes, iguais às que o avô e a mãe cantavam para embalá-la na infância. Ares de família se repetindo em traços fisionômicos de pessoas cuja existência ela nem suspeitava. Velhos retratos desbotados que lhe eram mostrados, onde reconhecia o que não havia conhecido.

Mais que uma igreja, a modesta capela da aldeia era uma metáfora. Miúda, comum, toda branca, sem graça e sem história — se vista de fora. Por dentro, se revelava uma joia inesperada, com seu interior barroco todo trabalhado, seus altares ornamentados de anjos e vinhas numa profusão de dourados, suas paredes recobertas de azulejos azuis entre molduras de cantaria, seu púlpito e seu coro esculpidos em madeira lavrada, seus santos magníficos.

Atrás da igrejinha, cercado por uma renda de gradis de ferro, o pequeno cemitério. Lá, vovó Glorinha constatou a pouca originalidade. Ou a permanência. Os nomes escritos nos túmulos se repetiam de uma geração para outra. Nomes e sobrenomes. Um repertório reduzido. Sinal de falta de imaginação, talvez. Mas também de homenagens conscientes, de pedidos especiais de proteção a antepassados. Ao mesmo tempo, indício de como ali viviam poucas famílias, aproximadas ainda mais pelos casamentos a unificar sobrenomes. Muitos Gomes, Gonçalves, Pereira, Oliveira e Nunes. E sempre algum Almeida misturado. Ou Almada. Ou Amado.

Um amigo do meu pai que estudou línguas e conhece etimologia disse que não pode garantir, mas acha que é tudo um nome só, vindo do árabe, *al-maidá* ou *al-maadana*. Mesmo o Amado, que não viria do latim como pode parecer. Nesse caso, não seria uma evolução de *amatum*, mas uma derivação de Almada. Por sua vez, corruptela de Almeida. Ou vice-versa. Um dos nomes quer dizer colina, outeiro, mas também manancial, fonte, mina d'água. Outro significa montanha de pedra, mina de metal. Pronúncias parecidas. Podem ter vindo de uma única família de mouros, se distribuindo em ramificações diversas, no tempo da ocupação medieval em Portugal.

Quanto aos Oliveira e Pereira, sem dúvida eram cristãos-novos. Judeus recém-convertidos ou se fazendo passar por cristãos, a fim de escapar a perseguições. Nessa mistura de árabes e israelitas pelos tempos afora, trazemos em nós uma memória de corpos enlaçados e uma promessa de paz.

Gosto de lembrar que temos essa boa mescla. Como família e como povo. E mais os perdidos celtas que já viviam por ali quando os orientais chegaram, e nos deram de vez em quando esses alourados, de olhos claros, que irromperam no meu pai e nos meus irmãos. Sem contar as brasileiríssimas misturas que agora minha mãe nos trouxe da colônia italiana instalada junto à mata atlântica, em seus traços caboclos de tantos povos trançados.

Mesmo no ramo paterno, lusitano puro, lá estão as ricas impurezas de nosso variado substrato étnico a formar a velha senhora que agora encontro sentada no jardim da clínica, entregue a colorir um desenho que não consigo identificar, porque ela prontamente fecha o bloco quando me vê chegar. A moldura dos cabelos lhe dá um efeito de halo luminoso, mas é impossível considerar essa cabeleira amarelada de tia Dora como atestado de lourice, de tão branca pelo tempo. A pele, porém, é claríssima, bem como os olhos, ainda vivazes sob uma película gelatinosa e úmida. O nariz levantino e consistente se destaca no rosto triangular e definitivamente confirmaria a pertinência familiar de minha tia-bisavó, se isso um dia fosse necessário. Ao mesmo tempo, atesta que estamos hoje aqui pelos trópicos mas não pode haver dúvidas de que temos um pé nas areias do deserto.

Gosto de encontrá-la assim, ao ar livre, entre sol e sombra. Nos primeiros dias esteve mais prostrada, quase sempre na cama. Agora, alimentando-se melhor, parece que criou vida nova.

Ao me ver, interrompe o desenho, guarda os lápis de cor e se levanta com alguma dificuldade. Caminhamos pela alameda e ela vai me mostrando as flores e folhagens nos canteiros do jardim, como se fosse uma grande senhora exibindo sua propriedade. Leva-me até a varanda, onde nos sentamos para tomar um suco, que pede à enfermeira em tom de quem dá ordens. Agradece com um gesto condescendente e aristocrata, de grande dama da clínica geriátrica, aparentemente sem qualquer lembrança de que pouco tempo atrás estava na selva urbana, era moradora das calçadas de Copacabana e teve de dormir algumas noites na rua.

Os olhos que me encaram, porém, não esquecem. Nada. Há neles um desamparo assustado que corta o coração. Mostram que lá dentro, por detrás daquele porte imponente, mora um animalzinho escorraçado, com medo, fome e frio. Vai ser preciso muito mais que a companhia de sobrinhos em escala de revezamento e os cuidados profissionais de uma clínica para confortá-lo. Se é que há conforto possível.

Não era só a família do seu Almada que crescia e se multiplicava, nos novos filhos que chegavam quase a cada ano. Também a cidade se desenvolvia, num país que mudava, num mundo tornado menor pelos caminhos de ferro a reduzir distâncias ou pelos grandes navios a vapor que cortavam os mares e aproximavam os povos. As ideias viajavam, as notícias chegavam com mais rapidez. As mercadorias também. E as pessoas, ah, essas se deslocavam como nunca haviam feito antes. Escorraçadas pela pobreza e pela falta de oportunidades, muniam-se de esperança e partiam. Famílias inteiras decidiam mudar de país, ir buscar em outras terras o que as suas lhes negavam, ainda que fosse direito de todo ser humano.

Perto da capital e com excelente clima, Petrópolis viu chegarem imigrantes sucessivos, de diferentes países europeus. Muitos deles repetiram uma história paralela à de José Almada, com sua fome de trabalho sem fronteiras. Eram capazes de acumular um esforço agrícola quotidiano com a esperança de sucesso em empreendimentos comerciais, de juntar com uma pequena indústria a iniciativa de prestar serviços urbanos. O mesmo italiano que fazia doces e caramelos tratou de construir o primeiro teatro da cidade, com certeza sentindo falta de música, de ópera, de comédias e dramas. Outro plantava hortaliças mas corria para sua oficina de marceneiro ao fim do dia e, aos poucos, se transformou num dos maiores fabricantes de móveis do país. Um alemão cultivava frutas mas daí a pouco abria um ponto de comércio para os filhos venderem os doces e biscoitos que a mulher fazia. Antigos agricultores viravam operários. Uma fábrica de tecidos bem na entrada da cidade lançava nas águas do rio a sobra diária de suas tinturas, por entre as margens cobertas de hortênsias — e os moradores, em tempos ainda inconscientes dos perigos da poluição, se divertiam em ver que num dia o rio estava azul, no outro vermelho, no outro verde.

O fim do Império, paradoxalmente, aumentou ainda mais o prestígio da cidade chamada de imperial. Agora, a cada quatro anos renovava-se, ao menos em parte, o elenco dos poderosos. E dos interessados em estar próximos ao poder. Todos queriam passar o verão na serra, na cidade que se orgulhava, ao mesmo tempo, de ser aristocrática e operária. Tradicional e moderna. Servia a todo gosto. Cada um que escolhesse a cidade que queria ver. Muitos aproveitavam os excelentes colégios — alguns até funcionando nos antigos palácios do Império — e deixavam os filhos o ano todo ali, no internato, enquanto os pais moravam na capital e subiam a cada semana ou quinzena para visitá-los e passar o fim de semana, prática que começava a se fazer mais frequente.

A todos o trem atendia, com eficiência, conforto e pontualidade. De início, ainda exigira uma viagem prévia, de barco, do Rio de Janeiro até o fundo da baía de Guanabara. Mas em pouco tempo, a ferrovia já vinha direto, da grande estação na capital ao centro de veraneio. Na íngreme subida da serra, um sistema de cremalheira reforçava a locomotiva. Extasiados, os passageiros contemplavam a paisagem deslumbrante pelas janelas abertas. As borboletas azuis esvoaçando majestosas, isoladas ou em duplas. As amarelas e vermelhas que dançavam em bando. A mata atlântica com suas orquídeas e bromélias floridas pelo meio das árvores e lianas. Os bandos de maritacas barulhentas e pássaros coloridos que levantavam voo a toda hora. Os micos, caxinguelês e pequenos animais que fugiam rápidos, assustados pelo trem. As imensas pedreiras de granito, por onde escorriam cascatas entre flores. A planície costeira lá embaixo aparecendo por cima da copa das árvores já vencidas. A grande cidade lá longe, aninhada entre mar e montanhas, em sua baía coalhada de ilhas. Devagarzinho, inclinado, o trem subia com seu ruído ritmado que as crianças imitavam, ora *café-com-pão-manteiga-não*, ora *lá-vou--eu-subindo-a-serra*, *lá-vou-eu-subindo-a-serra*, *lá-vou-eu-subindo--a-serra...* Ao passarem por algum casebre à beira da estrada, muitas vezes vinha um bando de crianças correndo junto aos vagões de madeira, a gritar algo misterioso, que chegava aos ouvidos dos passageiros como:

— Onau-ni..., onau-ni...

Todos sabiam o que isso significava.

— Jornal! Níquel!

Pelas janelas do trem, eram então jogados os jornais já lidos na viagem, bem dobrados para não serem carregados pelo vento. Seriam depois catados pelos meninos e vendidos como papel velho. Um reforço para o orçamento familiar, junto com as parcas moedas atiradas pelos passageiros.

Níqueis, cobres e pratinhas valiam pouco, mas não eram desprezíveis. Muitos anos depois, deitado na cama em sua longa espera, o velho Almada gostava de rememorar um episódio que vivera em sua loja de ferragens. O presidente da República, em férias na cidade, veio comprar uns parafusos para consertar uma dobradiça. Escolheu, pagou, recebeu o troco. Deu dois passos em direção à porta e voltou reclamando:

— Seu Almada, me desculpe, mas acho que o senhor se enganou no troco. Falta um níquel.

Tinha certeza de que não faltava. Fizera a conta com atenção, conferira. Ele mesmo entregara o trocado na mão do freguês, contando em silêncio, moeda por moeda. Era sempre atento. E com um presidente da República, então, tivera atenção redobrada. Sabia que não faltara nada. Mas não ia discutir. Apenas perguntou:

— Vossa Excelência está seguro?

— Claro, homem! Então eu ia reclamar se não tivesse certeza? Se estou dizendo, é porque é verdade. O senhor se enganou no troco e me deu uma moeda a menos.

— Pois então, peço desculpas.

Deu-lhe outro níquel e ficou sério, vendo o presidente se afastar. Mas tinha certeza de que não se enganara.

Não conseguia deixar de ficar furioso. Sentia-se logrado e impotente para reivindicar seu direito. Não podia deixar de pensar que era um golpe esperto: se em cada loja em que entrasse, aquele homem dissesse que havia recebido um trocado a menos, no fim do dia teria ganho o suficiente para comprar uma cuca de banana do alemão, ou poderia até ter um chá completo na confeitaria do italiano... Ninguém iria discutir com um freguês tão ilustre. Uma autoridade, um homem importante. Um presidente que ajudara os reis da Bélgica quando eles enfrentavam dificuldades em seu país devastado pela Grande Guerra — mandara um navio especialmente para buscá-los, a fim de passarem umas longas férias nos trópicos. E ainda lhes emprestara dinheiro para financiar a implantação do sistema de bondes de Bruxelas... Ninguém acreditaria que um homem dessa estatura ia ficar insistindo por bobagem, para receber uns trocados em dobro... Como se tivesse razão. E depois, ainda saía com aquela calma e imponência debaixo da chuva fina. Não estava mais diante da loja, já devia ir longe, mas o velho Almada não digeria o episódio. Estragara seu dia.

De repente, para surpresa do comerciante, o presidente regressou, entrou de volta no estabelecimento e se dirigiu novamente ao balcão:

— Desculpe, seu Almada. O senhor tinha razão.

A mão enluvada lhe devolvia um níquel. E aquele homem acostumado a dar ordens e a receber reis se explicava:

— O troco estava certo. O níquel deve ter caído no tecido, não fez barulho. Eu não vi nem ouvi. Só agora, quando fui abrir o chapéu-de-chuva por causa da garoa, é que a moeda caiu lá de dentro, rolou pela calçada, tilintou, e eu percebi o que acontecera. O senhor estava certo.

— É... Eu tinha certeza, mas não quis discutir.

— Pois devia ter discutido, eu é que estava errado. Fico envergonhado por ter insistido. Mais uma vez, peço que me desculpe pelo constrangimento.

De noite, em casa, o comerciante contou à família o acontecido.

— Um exemplo. Um presidente que conta seus níqueis e que reclama quando um lhe falta. Mas que é capaz de voltar na chuva para pedir desculpas e devolver o que não é seu. Um homem de bem.

O caso entrou para o folclore familiar. Netos e bisnetos o conheciam. Antes de mais nada, como confirmação da categoria suprema que alguém podia ocupar, na opinião do velho Almada: a de homem de bem. Capaz de sentir vergonha por um mal feito, ainda que involuntário. Mas também, como retrato de um país e um tempo. Em que presidentes saíam a pé e sozinhos para comprar parafusos. Em que conversavam com gente comum e eram capazes de pedir desculpas. Em que cada moeda tinha valor.

Por isso tudo, o episódio continuou a ser lembrado. Fazia parte do repertório das histórias que a pequena Maria da Glória ouvira do avô em suas visitas diárias ao velho quando era pequena. Histórias que, anos mais tarde, ela contaria aos filhos Bruno, Gilberto e Ângela. E aos netos. Como eu, Letícia, agora transformada em contadora de histórias por vontade própria. Espero que esta chegue até os nossos filhos. Junto com uns tantos fados e canções portuguesas ouvidos dos nossos pais e avós na hora de dormir.

Toda manhã, bem cedo, uma carroça parava em frente ao sobrado. O carroceiro saltava e tocava a campainha da porta lateral, a única que servia diretamente à residência no segundo andar em vez de se abrir como todas as outras para o vasto espaço da loja no térreo. Lá de cima, na copa, alguém já devia estar à espera, porque nunca demorava o clique que se seguia. Por meio de uma cordinha que descia, acompanhando o corrimão da escada e presa a ele por pequenas argolas metálicas, a maçaneta do ferrolho era puxada. E como, antes disso, as mesmas mãos atentas então trabalhando na copa já haviam girado na fechadura a chave que só a fecharia de novo ao fim do dia, o clique anunciava que a porta estava aberta. Era só empurrar.

    O homem então levava sua carga escada acima, direto para a copa nos fundos da casa. Leite fresco, recém-ordenhado no curral recendendo a vaca e bosta. Ovos apanhados pouco antes, ainda mornos nos ninhos do galinheiro. Verduras daquela madrugada, colhidas havia pouco na horta. E caixotinhos de frutas tiradas do pé no fim da tarde anterior, e deixadas para esfriar durante a noite.

    Depois, o carroceiro recolhia os vasilhames da véspera, registrava as eventuais encomendas de carne, linguiça ou queijos para o dia seguinte, despedia-se.

    Uma fartura. Talvez um exagero, coisa demais. A própria casa tinha sua hortinha, seu pequeno galinheiro para o abastecimento mais imediato. O jeito era criar delícias, a fim de que os alimentos não se estragassem fácil. Aproveitar a nata de tanto leite para fazer manteiga ou usar como creme. Preparar coalhada, queijo, requeijão. Bater e assar bolos e biscoitos. Ficar horas a descascar e picar frutas, a mexer enormes tachos de cobre no fogão à lenha para depois ter goiabada, bananada, marmelada, pessegada. Arrumar cestinhos, cheios de agrados envoltos em guardanapos quadriculados ou paninhos bordados, a serem eventualmente oferecidos como presentes aos amigos e vizinhos ou a algum freguês especial da Casa do Almada. E preparar conservas de todo tipo. A serem consumidas mais tarde, quando se acabasse a época daquela fruta ou da verdura. Ou enviadas para mais longe — para os parentes em Minas, os amigos no Rio, até mesmo alguns negociantes e fornecedores em São Paulo.

    Por isso, todo dia, pelo meio da manhã, quando José Almada deixava a loja entregue aos empregados por alguns minutos e vinha até a cozinha, nos fundos da casa, encontrava Alaíde trabalhando e supervisionando duas ajudantes no preparo de conservas.

Variavam apenas os ingredientes da vez. Um dia eram pêssegos, figos ou goiabas em calda, doces de mamão verde cortado em lascas, de abóbora com coco ou de cascas de laranja-da-terra. Outro dia podiam ser berinjelas no azeite, picles variados com pimentão e cebola, batatinhas redondas picantes, abobrinhas no vinagre com hortelã. Podia também ser a vez das geleias com seu odor penetrante de açúcar queimado a se misturar com o aroma fresco de jabuticabas, morangos, framboesas, pitangas, amoras, tangerinas, laranjas, ameixas, damascos.

Conservas e conversas.

José gostava daquelas pequenas interrupções diárias no seu trabalho. Não que falasse muito, contasse casos, discutisse grandes questões. Mas era um momento em que gostava de dizer à mulher miúdas coisas a esmo. Ela retrucava, sorria, fazia algum comentário enquanto continuava curvada sobre a mesa da cozinha. Não eram assuntos importantes. Nada ia muito longe mas circulava entre eles uma boa troca de palavras nessas ocasiões, leve, descompromissada. Diferente dos assuntos sérios que às vezes discutiam de noite na cama, antes de dormir, para tomar decisões importantes. Mas talvez fosse justamente pela leveza que as poucas frases trocadas na cozinha com Alaíde nessas pausas matinais davam um prazer tão especial a José. Marcas de uma intimidade que lhe fazia bem.

— Pena não haver conserva de música também... — disse ele um dia.

— Como assim? — perguntou ela, levantando os olhos da bacia que tinha no colo, onde acumulava caroços de jabuticaba envoltos na polpa branca, enquanto jogava as cascas negras em outra vasilha, de louça grossa, em cima da mesa.

— Daqui a meses, quando eu abrir o vidro dessa geleia que estás a fazer, o perfume da fruta vai me trazer algo deste momento. Ao passá-la no pão, ainda que misturada com o açúcar, vou sentir um pouco do gosto que a jabuticaba teria se colhida no pé. Mas nada me trará o canto do passarinho na jabuticabeira. Não há o que ponha música em conserva. E é uma pena, era isto o que eu dizia.

— Por isso as pessoas às vezes guardam canários, coleirinhos e curiós em gaiolas, na varanda das casas.

— É... — concordou ele, meio sem entusiasmo.

Não era disso que falava, mas não estava conseguindo se explicar direito. Alaíde continuava:

— Você não costuma dizer que tinha vontade de ter um viveiro de pássaros no quintal? Quem sabe se não chegou a hora de fazer?

— Tens razão, boa lembrança. Vou tratar disso.

Tomou mais um gole de café, porém não se livrou do que estava a pensar. Conseguiu formular melhor:

— Mas tem horas que tenho vontade de guardar outras músicas em conserva. Não o canto dos pássaros. Vontade de já as ter guardado antes para então poder ouvi-las de novo, entendes?

— Que músicas?

— Algumas que ouvi em miúdo na minha terra...

Dessa vez Alaíde interrompeu o que estava fazendo, pousou a bacia na mesa ao lado da outra vasilha, levantou-se para lavar as mãos. Enquanto as enxugava no avental, aproximou-se dele. Tinha vontade de tocá-lo de repente, chegar por trás do banco onde Almada estava sentado e abraçá-lo, puxá-lo de encontro a seu peito, acarinhar aqueles cabelos que começavam a ficar grisalhos.

Quase nunca o marido falava da infância e do que deixara em Portugal. Às vezes, na tentativa de entender aquele corte tão acentuado de Almada com seu passado, a mulher imaginava o que ela própria sentiria se, por acaso, se visse para sempre privada de toda sua família — pais, irmãos, avós, tios, tantos primos — ou se nunca mais pudesse ver a paisagem onde nascera e fora criada. O simples pensamento a aterrorizava e logo tratava de afastar essas ideias.

A menção do marido a esse buraco afetivo a enchera de ternura. Mas não sabia o que fazer com o sentimento. Um recato natural não lhe permitia efusões como as que agora desejava. Não estavam sozinhos. Uma empregada mexia uma panela diante do fogão a lenha, outra entrava e saía a toda hora, trazendo uns vidros que acabara de lavar no tanque lá de fora. O sol já ia alto, a vida da casa tinha que continuar, a loja lá no térreo do casarão estava cheia de fregueses.

Parou junto a Almada e apoiou a mão em seu ombro esquerdo. Mais surpreendente que tudo, ele também venceu seu próprio pudor para um gesto de carinho. Largou em cima da mesa a caneca esmaltada, ainda com um final de café que estava bebendo, e ergueu a mão direita livre, num movimento diagonal, até cobrir a da mulher, afagando-a com firmeza.

— Algumas canções eu lembro, outras eu sei que esqueci... — continuou ele, em tom de quem evoca.

— Podemos perguntar a alguém, algum outro português, para ver se ele se lembra. Quem sabe? Talvez seu Costa, da farmácia — sugeriu ela.

— Não precisa, não é importante, foi só um pensamento que me ocorreu — disse ele, como quem conclui, apertando os dedos da mulher sobre o próprio ombro.

Depois se levantou, olhou fundo nos olhos dela e, bem de perto, completou:

— Queria também ter em conserva aquela música que dançamos, para ouvir de quando em quando.

Não precisava dizer que música nem quando a tinham ouvido. Foi a única vez que dançaram, numa festa de batizado a que tinham ido em Minas, logo depois do seu próprio casamento. Uma valsinha que todo sanfoneiro tocava, Alaíde lembrava bem, era capaz até de cantarolar. Mas não ousava fazê-lo, como pouco antes não se atrevera a abraçá-lo. Ficaria encabulada.

Preferiu brincar:

— Quem sabe se já não existe música em conserva? Vai ver, a gente é que não sabe ou não tem tempo de procurar. É capaz até de ter alguma nesses teus catálogos...

Na hora do almoço, ele lhe trouxe os catálogos que guardava lá embaixo, numa prateleira embaixo do balcão da loja. Entregou à mulher, sem dizer palavra. Ela percebeu que a brincadeira tinha sido levada a sério. E logo depois da sesta, enquanto Almada atendia os fregueses no térreo, Alaíde se permitiu ficar deitada numa rede na varanda dos fundos, a consultar atentamente catálogos de Paris, Londres e Lisboa.

De noite, quando se recolheram, a mulher foi capaz de apresentar ao marido uma lista de escolhas. Gramofones, discos, pianolas, rolos, partituras, caixinhas de música. Ele resolveu aceitar todas e incluir as sugestões nas encomendas, quando fizesse o próximo pedido. De tão feliz, Alaíde até cantarolou ao ouvido de Almada a valsa que tinham dançado naquele dia longínquo.

E mais tarde adormeceu nos braços dele, embalada por sua voz a lhe cantar. Talvez um fado como os que mais tarde cantaria para sua neta Maria da Glória e um dia ela ensinaria também aos netos:

Na rua do Capelão
juncada de rosmaninho,
se o meu amor vier cedinho
eu beijo as pedras do chão
que ele pisar pelo caminho...

Tenho o destino traçado
desde o dia em que te vi.
Ai, meu amor adorado,
viver abraçado ao fado,
morrer abraçado a ti...

Um sucesso. Tia Ângela conseguiu um teclado.

Modelo ultrapassado, encostado pelo filho de uma amiga que precisava de mais recursos para a usina musical de sua banda. Por isso, o rapaz topou alugar por uma ninharia aquele instrumento que passou a considerar limitado para suas ambições artísticas e eletrônicas. Mas é absolutamente perfeito para tia Dora no momento.

Pode não ser o piano com que ela sonha em suas lembranças — talvez um Steinway, quem sabe um de cauda. Bem que tínhamos vontade de lhe proporcionar uma maravilha dessas, mas a esta altura, numa clínica geriátrica, não vai mesmo passar de um sonho. O que importa é que o teclado do rapaz está em perfeito estado e permite que tia Dora se distraia e possa tocar o dia inteiro, se quiser. Até mesmo sem atrapalhar ninguém, pois pode diminuir o volume ou até tirar o som e ficar fechada em seu mundo sonoro, apenas com os fones de ouvido. Só que, pelo que dizem as enfermeiras, na maior parte do tempo todo mundo quer ouvir.

— Distrai todos os pacientes — contou a psicóloga da clínica. — No começo todos queriam tocar também, e achamos que isso ia nos criar um problema. Mas ela foi fantástica, controlou a situação num instante. Teve uma autoridade incrível, baixou ordens, impôs limites, e logo ficou claro quem mandava ali. A maior moral. Agora ninguém toca no instrumento — a que, aliás, ninguém dá o nome de teclado. Todos chamam é de "o piano da Dora".

Graças ao teclado, tia Dora ficou mais popular entre os outros velhos da clínica, que antes implicavam muito com ela. E não apenas por ter sido uma das últimas a chegar, o que sempre mexe com relações já estabelecidas. Havia outras razões, também, perfeitamente compreensíveis.

Tia Dora é mandona, autoritária e vivia fechada em si mesma, com uma atitude desconfiada e expressão carrancuda, sem querer fazer confidências nem cultivar novas amizades. Além disso, depois que relaxou um pouco e passou a frequentar o jardim algumas vezes, e a desenhar com seus lápis de cor, bastava abrir a boca para atrair novas antipatias. Suas conversas sempre traziam um ar de superioridade insuportável aos outros. Não que se gabasse de ter feito grandes coisas ou de ser melhor do que ninguém. Mas, de passagem, sempre mencionava casarões imensos e luxuosos, cavalos de raça, convivência com gente importante, festas da sociedade, concertos de gala, roupas elegantes, perfumes importados, charretes com cocheiros ou automóveis com *chauffeur* — aliás, nome pronunciado em um francês impecável. Com um repertório de lembranças desse teor, era natural que fosse objeto de uma má vontade generalizada ou se transformasse em motivo de chacota.

O teclado lançou sobre tia Dora algumas luzes mais favoráveis no ambiente em que vivia. Mudou seu estado de espírito e a qualidade de sua vida na clínica. De tarde todos passaram a se reunir no salão para ouvi-la.

É evidente que ela gosta de se apresentar em público, sente um prazer genuíno em mostrar o que vale, ser aplaudida, ouvir pedidos de bis ou de números especiais. O que nos surpreendeu é que os dedos podem estar um pouco enferrujados mas aos poucos vão se soltando. E o ouvido interno não lhe falha. Realmente ela toca direito, tem intimidade com as teclas, traz na memória um repertório variadíssimo e de boa qualidade. Agora começou a pedir algumas partituras novas. Liszt e Chopin, sobretudo. Dá para perceber que a música sempre fez parte essencial de sua vida. É sua forma de expressão e lhe permite visitar reinos insuspeitados por todos nós, onde passeia à vontade e de onde regressa renovada.

Imagino que foi apenas graças a isso que ficamos sabendo da história do casamento dela. Parece que uma paciente comentou algo sobre seus dotes pianísticos com uns parentes, mencionou o sobrenome, isso foi levado para o mundo lá fora, ecoou em outros meios e alguém lembrou do caso. Foram conferir e ela confirmou.

— Dona Dora, é verdade isso? A filha da dona Carlota estava dizendo que a senhora foi famosa, uma pianista conhecida... — uma das atendentes começou a puxar o assunto.

— E só agora é que vocês descobriram? Grande novidade... Desde que eu entrei aqui estou falando nisso, mas era como se eu estivesse falando grego, ou todo mundo fosse surdo, parece que vocês não entendem nada do que a gente diz.

— Ela também falou que ouviu contar uma coisa e eu fiquei curiosa... — disse a moça, ávida por conferir a história e resolvendo ser mais direta. — É verdade que no dia do seu casamento a senhora largou o noivo na porta da igreja?

— Na porta, não. Lá dentro mesmo. No altar — confirmou ela, com indisfarçável orgulho.

— No altar? Como assim?

— Na hora em que o padre perguntou se eu queria casar com ele, eu disse *não*. Depois, virei para trás e gritei bem alto para todo mundo ouvir: *Não vai mais ter casamento! Eu não caso com esse homem nem amarrada!*

— Por quê?

— Porque eu não queria, claro! Mas que pergunta idiota! Se eu quisesse, casava. Não estava ali, com tudo pronto, o padre no altar, a igreja cheia, e ele me esperando?

A moça insistiu:

— Mas por que deixou para dizer *não* bem nessa hora? A senhora mudou de ideia? O que aconteceu? Por que a senhora deixou a cerimônia chegar até ali?

— Não é da sua conta...

— Desculpe, dona Dora, mas é que a gente ficou querendo saber...

Ela colocou os fones no ouvido e começou a tocar piano. Estudos, escalas. O que costumava chamar de cachorro-vai-cachorro-vem. Dó-mi-fá-sol-lá-sol-fá-mi, ré-fá-sol-lá-si-lá-sol-fá, mi-sol-lá-si-dó... Exercícios do Hanon, do Czerny, de todos os métodos que seguira, dedilhando estudos por anos a fio. Trazia intactos na cabeça. Era só reeducar os dedos para que novamente os tocassem.

De qualquer forma, o corte na conversa foi definitivo. Ninguém mais lhe perguntou sobre o assunto na clínica.

Por outro lado, nenhum de nós, da família, precisava perguntar nada. Quando ouvimos essa referência, logo reconhecemos o enredo.

Eu conhecia a história. Já a ouvira mais de uma vez. Era um dos casos que, com frequência, vovó Glorinha relembrava. Devia tê-la impressionado muito, porque volta e meia estava de novo em suas conversas. Nunca, porém, pude imaginar que havia ocorrido em sua própria família, com uma tia dela.

Claro, eu sabia que essa história acontecera numa cerimônia a que minha avó havia assistido na juventude. Ela participara, descrevia a igreja, os detalhes do vestido. Mas algo naquela recordação a perturbava. E ela nunca dissera o nome da noiva, sempre dizia apenas que era uma conhecida dela, de uma família importante da cidade, nunca desconfiáramos que se tratava de uma de nós.

A tia Caçula. Ali na clínica, ao alcance de uma carícia, tantos anos depois.

Nossa descoberta tardia da identidade da noiva explicava agora essa perturbação da minha avó. Saber que a protagonista era tia Dora fazia todo o sentido, afinal. As duas eram quase da mesma idade e é natural imaginar que a tia Caçula tivesse depois feito alguma confidência à minha avó, o que explica que ela sempre tivesse sabido e nos contado com tanta clareza o motivo da recusa. Mas, ao relembrar, o que ficava mais forte para ela era sempre a sensação do vexame público.

— Um horror, minha querida! A família passou uma vergonha horrível. A mãe da noiva chorou tanto, coitadinha... As amigas ficavam todas comentando, imaginavam coisas terríveis, algum escândalo abafado. Durante muito tempo, em todo canto onde um dos parentes chegava, as pessoas olhavam e cochichavam... As pessoas mais ligadas ao noivo, um homem tão importante, romperam relações para sempre. Ao cruzar na rua com alguém da família da noiva, muita gente da cidade disfarçava, fingia que não tinha visto e evitava cumprimentar. Como se fossem uns criminosos. Ela devia ter pensado nisso, antes de deixar os parentes passarem vergonha.

— Mas a noiva não ligava, vovó?

— A noiva foi embora daí a poucos dias, não ficou na cidade. Os pais dela a mandaram para a casa de uns parentes no Rio. Acho que, de verdade, depois disso, ela nunca mais morou mesmo em Petrópolis. Só ia lá para passar umas temporadas curtas, de vez em quando. Com o tempo foi deixando de ir, acabou se afastando até da família. Era muito briguenta. Brigava com todo mundo. Tinha um mau gênio incrível. Fez o que fez porque foi egoísta e teve um rompante, nem pensou muito nas consequências para os outros. Depois, tocou a vida para a frente. Mas para os outros, que ficaram ali na cidade, foi uma vergonha... Ninguém queria mais se aproximar das outras moças da família, os pretendentes tinham medo de que elas fizessem o mesmo com eles, as coitadas tiveram que sair da cidade para poder arranjar noivo. Você nem imagina, Letícia.

Suspirava e concluía, sempre repetindo:

— Uma vergonha, uma vergonha...

— Dá para imaginar o constrangimento. Deve ter sido mesmo uma coisa muito chata. Alguém ter de assumir o controle da situação, desculpar-se com os convidados, suspender a festa toda...

— Quem fez isso tudo foi o pai dela. Só que não suspendeu a festa. Enquanto a mãe da noiva desatava a chorar, o pai puxou a filha pelo braço, sumiu com ela lá dentro da sacristia, depois voltou, subiu os degrauzinhos do altar, virou-se para a igreja cheia e disse: "Desculpem-nos, mas devido a esse contratempo a cerimônia do casamento está suspensa. Todos, porém, continuam convidados para a festa, que será mantida e se realizará da mesma forma."

— Mas teve festa mesmo? Foi boa, vó? Você foi?

— Fui, sim. Só os convidados do noivo é que não foram. Mas nós éramos amigos da noiva e fomos, apesar do tal "contratempo". Foi nos jardins da chácara dos pais dela. Tudo enfeitado, lindíssimo. Parecia um sonho. Teve orquestra tocando a noite inteira, gente dançando, criança brincando, muita comida, muito vinho, muitas flores. Tantas, tantas que até as banheiras da casa estavam cheinhas de lírios, copos-de-leite, angélicas, rosas brancas. Uma fartura incrível. Sobrou comida para distribuir por toda a vizinhança.

— E você se divertiu muito?

— Não, Letícia, não dava para ninguém se divertir. Estava todo mundo muito chocado. Acho que talvez a única pessoa a se divertir naquela noite tenha sido a noiva. Tão bonita que ela estava, de grinalda e vestido de renda... Lembro de cada detalhe do vestido, eu ajudei a escolher o modelo, fui com ela à costureira para as provas. Seu avô já estava arrastando a asa para o meu lado, eu imaginava que poderia ficar noiva daí a alguns meses, e tinha acompanhado de perto todos os preparativos do casório, me sentindo como se estivesse aprendendo para quando chegasse a minha vez. Mas aquela lição não estava no programa. Fiquei assustada, tinha até medo do Rodrigo querer desistir de mim depois de uma história dessas. Mas graças a Deus ele foi um amor. Ainda me consolou. E teve a ideia de depois sugerir que fizéssemos a nossa cerimônia no Rio, para evitar as lembranças ruins.

Claro que vovó Glorinha devia se casar no Rio, onde os pais dela estavam morando a essa altura. E não precisava ficar tão preocupada só por causa da maluquice de uma amiga, como ela contava. Mas eu não respondia nada, não queria desviar do assunto, sabia que falar no vovô era truque dela para enganar minha curiosidade e me fazer perguntar sobre ele. Por isso, insistia:

— Mas que músicas tocavam nessa festa na tal chácara? Como é que vocês dançavam nessa época? Você não disse que os convidados dançaram a noite inteira?

— Os convidados não... A maioria saiu cedo. Mas a orquestra estava contratada, o dono da casa quis manter tudo, mandou os empregados dele dançarem enquanto houvesse música. Mas nem a família nem os amigos festejaram. Não conseguiam achar graça e se divertir. A festa era só para disfarçar, já que estava mesmo pronta. Mas a verdade é que estava todo mundo com muita vergonha.

Pelo ângulo em que vovó Glorinha narrava, o que mais marcava o episódio era uma sensação de solidariedade com a família da noiva e sua vergonha. Uma situação de exposição pública, vivida como humilhação. Claro, agora entendíamos. Era sua própria família. A noiva era a irmã mais moça de sua mãe. As parentas com dificuldade de arranjar marido deviam ter sido suas irmãs mais moças e as primas, já que não havia mais outras tias solteiras menores. E minha avó, a essa altura, já estava noiva do vovô Rodrigo.

Mas mesmo com ele, é possível que tenha havido problemas. Por isso, vovó Glorinha nunca achara aquela história divertida. Da mesma forma, jamais entendera nossa curiosidade sobre os motivos ("não há razão que possa justificar", dizia, "ainda mais algo tão bobo...") nem nosso encantamento solidário com aquela noiva.

Para tia Ângela e para mim, no entanto, mulheres de outras gerações, o que nos atraía mais em tudo aquilo era justamente a personalidade daquela moça. Ter uma atitude daquelas? Precisava coragem. Ainda mais naquele tempo.

Agora, a esta altura, era um deleite especial descobrir que a heroína era aquela velhinha recolhida num hotel de Copacabana e cuidada por nós.

O caso em si era bem simples e pode ser contado em pouquíssimas palavras. Não precisa dos maravilhosos dotes narrativos de minha avó Glorinha. Não requer um texto especial. Pode ser evocado até em forma de teste de múltipla escolha, como esses questionários de avaliação que os colégios apresentam aos meus adolescentes, sem confiar em sua capacidade de se expressar, como se eles não estivessem à altura de emendar frases e formar uma narrativa coerente, viva e cheia de encantos inesperados.

Na véspera da cerimônia de casamento, na sala de visitas da casa do velho Almada, tia Dora fizera ao futuro marido um comentário miúdo e despretensioso sobre a nova vida que iam ter. Ainda romântica e inocente, toda animada, manifestara um sonho ingênuo qualquer. Ríspido, o noivo a cortara:

— Se você está pensando que quando nós dois nos casarmos...

Ela nem ouviu o resto. Contou depois à vovó Glorinha que sentiu o sangue ferver dentro dela só com essas palavras e imaginou que a frase podia continuar de qualquer maneira:

(a) ...eu vou...
(b) ...você vai...
(c) ...nós vamos...

E a partir daí, também podia se seguir qualquer verbo. Permitir, admitir, participar, trabalhar, tocar piano, viajar... Não importa qual fosse a condicional. Era uma possibilidade futura qualquer. Depois viria uma oração principal que também não se precisa saber qual é, porque necessariamente estaria em contradição com a hipótese a ela subordinada. Ou, como tia Dora disse à minha avó, "era claro que ele estava me avisando que eu podia desistir do que estava pensando, tirar o cavalinho da chuva, porque com o casamento tudo ia mudar no que eu imaginava".

Então, dentro de si, a tia Caçula resolveu rejeitar de uma vez por todas em sua vida, literalmente, aquilo que se anunciava como um reles período composto por subordinação. Pensou algumas possíveis continuações para a frase que tinha começado a ouvir. Algo como:

— Pois saiba que eu tenho...

(a) um dom João, da família imperial, que flerta comigo.

(b) um Mané, lavrador lá da chácara, com quem posso fugir.

(c) um J. Pinto Fernandes que ainda não entrou na história.

(d) uma vida inteira pela frente e não vou me prender a um idiota mandão.

(e) todas as hipóteses acima.

Nessa hora, abriu os olhos. Resolveu que não casava.

Decidiu também mais duas coisas. Ia dar uma lição ao cara, com um *não* público. E ia ter o melhor de um casamento: sua grande festa, com que sonhara a vida toda, igual a todas as moças da sua geração. Ia entrar na igreja ao som do órgão, linda em seu vestido de princesa e sua grinalda de flores miúdas. Em seguida, ia festejar muito o início de sua nova vida — porque tinha certeza de que nunca mais as coisas iam ser as mesmas após o espetáculo que planejava para a igreja.

Qualquer pessoa que se interesse sobre o funcionamento da mente humana e tenha lido um mínimo de textos sobre o assunto sabe que o trabalho do sonho e a criação artística têm imensas afinidades. Ao longo da vida, Freud foi fascinado por artistas e obras de arte. Foi um leitor sensível e voraz. Colecionou estatuetas, antiguidades, objetos e quadros. Interpretou cenas de pinturas, peças teatrais, contos, romances e mitos. Relacionou essas interpretações com episódios da vida de seus criadores.

Essas formas de terapia breve a que venho me dedicando com meus adolescentes muitas vezes andam muito vizinhas de técnicas mais tradicionais de arteterapia, que já há algum tempo utilizam recursos de expressão dramática, musical ou plástica como um meio de estimular a manifestação do inconsciente. Portanto, conheço bem o potencial deflagrador da arte. Não devia me surpreender com sua eficiência. Tanto conheço que, assim que tia Ângela me contou, ao telefone, que havia conseguido o teclado para tia Dora, propus que ela incluísse também um caderno novo e bonito no presente.

— De pauta musical? Com aquelas cinco linhas juntas? Pentagrama... não é assim que se chama? — perguntou ela. — Enfim, é para a tia Caçula escrever partituras?

— Não. Caderno de escrever, de pauta comum mesmo. Mas bonito e de capa dura. Até tenho um. Tinha comprado para mim, mas você pode levar. Um objeto útil mas atraente, a que ela possa se apegar e que possa levar de um lado para outro se quiser. Para anotar nele o que lhe dê vontade, na hora em que bem entender. Pode ser importante, tia Ângela.

— Tudo bem. Mas por que não dá isso a ela você mesma?

— Porque quem está levando o teclado é você. Assim, ela recebe o caderno com uma atitude mais favorável, sem ficar desconfiada nem se sentir pressionada a escrever.

— Eu levo, não tem problema nenhum... — concordou ela.

Depois de uma pausa, estranhou:

— Espera aí, Letícia, me diga uma coisa: você está querendo fazer alguma experiência com tia Caçula, é? Obrigar a coitada a desenhar, a tocar piano, a escrever... Daqui a pouco vai inventar umas sessões de ioga ou ginástica... Pensando bem, foi você quem levou o bloco e os lápis de cor, você quem falou que a gente devia arranjar um piano para ela... Qual é sua ideia por trás disso? Tem algum plano especial? Quer provar alguma coisa? Francamente, é melhor abrir o jogo. Porque se for mais uma daquelas suas experimentações, do tipo das que você fazia em laboratório com ratinhos para ver como eles se comportam, pode me dispensar dessa. Eu estou fora. Não vou compactuar com uma coisas dessas, acho um desrespeito. Um absurdo!

Pelo jeito, o anjo da guarda estava a ponto de sair de campo e ser substituído pelo sargentão. Costumamos brincar com isso na família, dizendo que, dentro da tia Ângela, os dois personagens convivem com uma intimidade espantosa. Tratei de segurar o primeiro, não deixar que cedesse seu espaço ao outro:

— Não, tia, nada disso, que ideia! Desculpe se dei essa impressão. Não estou fazendo experiência nenhuma. É uma coisa clássica e muito simples, aceita há muito tempo. Como se você recomendasse que uma criança resfriada ficasse de repouso, agasalhada e tomando líquidos. Bom senso em ação. E experiência básica de pediatra. Não tem nada de mais. Apenas estou tentando dar à tia Dora a oportunidade de achar algum caminho que a ajude a viver melhor o luto e sofrer menos, sentir menos dor. Dar a volta por cima da perda, entende?

— Que perda? A da amiga que morreu? A tal Mariinha? Já faz mais de dois anos...

— Nem sei se é exatamente essa perda, tia Ângela. Mas você já reparou no olhar assustado dela? No ar de medo que se esconde por baixo daquela rispidez agressiva com que trata todo mundo?

— Claro, Letícia, não dá para alguém chegar perto e não notar.

— Pois então... é evidente que ela sofre. Já pensou quanta coisa a tia Dora perdeu na vida?

— E você acha que um caderninho vai fazer uma velha numa clínica recuperar alguma coisa do que perdeu?

— Não sei. Concretamente, não vai recuperar nada, claro. As coisas perdidas não vão voltar, morreram, acabaram. Mas o bloco, o teclado, o caderninho, todos juntos ou algum deles sozinho, podem ajudar a criar uma distância entre ela e o que perdeu. Podem mostrar a ela que o luto pode ter um fim, acabar também. Podem ser úteis, sim... E não apenas numa recuperação simbólica. Podem ajudar a viver melhor com a perda, transformar a dor em lembrança boa.

Eu não estava com muita paciência para tentar explicar o que achava, nem para embarcar numa discussão teórica. Quem sou eu para tentar botar em palavras esses processos que se situam na fronteira entre o sofrimento e a arte? Para mim mesma, lembrei que Cézanne afirmou que um quadro é um abismo onde o olho se perde, porém todos os tons e cores circulam mesmo é em nosso próprio sangue. E também que, em algum lugar, Virginia Woolf sustentou que sua escrita era uma forma de examinar os sentimentos com o microscópio poderoso que a dor lhe dera. Mas não era o caso de falar em nada disso com tia Ângela a esta altura.

Apenas concluí:

— Bom, eu tenho que sair agora. Vou passar aí no seu prédio e deixar o caderno dentro de um envelope na portaria. Se quiser, você leva.

Sabia que ela levaria. E esperava que tia Dora aproveitasse a oportunidade para fazer uma ou outra anotação. Ainda mais agora, que iria ter seu piano para tocar. Afinal, a arte desata os nós apertados que prendem e imobilizam coisas intensas dentro de cada um. Dizer isso pode ser quase um clichê. Nem por isso é menos verdade. O fato é que o luto tem necessidade de encontrar canais para elaborar sua narrativa, com princípio, meio e fim.

Quem sabe se a tia Caçula não estava precisando começar a contar a si mesma sua própria história? Eu tinha uma certa esperança de que isso acontecesse. E que, uma vez deflagrado, esse processo a ajudasse a ficar mais em paz consigo mesma.

Só não estava preparada era para o telefonema de tia Ângela duas semanas depois:

— Letícia, tia Dora mandou pedir outro caderno daqueles. Parece que aquele seu já está quase acabando e ela não quer ficar sem ter onde escrever. Eu tinha dito a ela que foi você que mandou e ela agora está encomendando outro igual. Quer do mesmo tipo e do mesmo tamanho, para guardar junto.

Comprei outro e mandei. E depois mais outro. Só quase um ano mais tarde fui saber o que encheu suas páginas, iniciadas com uma lista de títulos de composições de Chopin, Liszt e alguns outros. Músicas que tia Dora lembrava, soubera tocar e queria encontrar de novo, por meio de partituras que passaria a nos encomendar.

— Casamento é coisa séria, menina. Pensa bem no que vais fazer — comentou o velho Almada no dia em que a neta mais velha lhe comunicou que estava pensando em ficar noiva. — O que teus pais acham do rapaz?
— Gostam muito dele, vovô — garantiu Maria da Glória. — Mas o mais importante é que nós nos gostamos.
— A gostar se aprende com o tempo... O importante é que ele seja um homem de bem.
— Vou trazer o Rodrigo aqui para o senhor conhecer, vovô. Tenho certeza de que ele vai adorar o senhor.

Maria da Glória bem podia imaginar como o assunto mexia fundo com o avô. Acompanhara a história recente. Mas garantiu que conhecia Rodrigo muito bem, era um homem de bem, os pais dele também eram portugueses...
— De onde?
— De Viseu.
— Ah... Lá para as bandas da família do teu pai. É...

Almada ficou em silêncio. Mais não disse. Só mais tarde Maria da Glória saberia que provavelmente a lembrança evocada por esse comentário também não devia ser das mais positivas em matéria de sensatez e sabedoria nessa área de escolha matrimonial. Nessa ocasião, como ela era solteira, as tias ainda não haviam lhe contado sobre o casamento de seus pais. E Nina, com seu temperamento explosivo, não era dada a confidências. Jamais abriria a boca para dizer uma palavra sobre o caso. Nem à filha nem a ninguém.

Mas Maria da Glória acabou sabendo, muito depois. E, estranhamente, contou a história à neta com um sorriso nos lábios, achando tudo muito divertido e engraçado. Talvez porque o carinho falasse mais alto e desculpasse os personagens que eram seus pais. Por mais que em toda aquela história eles não tivessem agido como modelos de comportamento exemplar. A mãe, em especial. Mas eram coisas do passado. Com essa distância, evocadas apenas como um caso divertido. Algo insólito que, no fim, deu certo.

O fato era que, naquele tempo, não era costume que os moços resolvessem por si sós com quem deviam casar. Assunto sério demais para ficar entregue à irresponsabilidade dos jovens. E quem mandava em casa era o pai, ponto final. Ele é quem sabia o que era melhor para cada um e para todos. Também era quem decidia o que seria conveniente para seus negócios em matéria de sociedades e alianças, o que traria mais vantagens futuras em termos de patrimônio, o que protegeria melhor sua prole e teria maiores probabilidades de garantir o bem-estar de seus descendentes.

Assim, quando o Ramires surgiu na cidade, seu Almada prestou atenção nele. Era um português jovem, alto, bem-apessoado, recém-chegado da terrinha, e com recursos interessantes para se estabelecer na nova terra: era farmacêutico formado. E dos bons. Em poucos meses já tinha virado a sensação local. Conhecia bem os segredos da profissão. Além de competente, era atencioso e gentil. Todos queriam ser atendidos por ele, que parecia também disposto a atender a todos. Trabalhava longas horas, como raramente seu Almada tinha visto. Fazia até lembrar seu próprio começo, na velha loja do Vicente, havia tanto tempo.

Sutilmente, seu Almada foi se aproximando dele para testá-lo. Descobriu que era um homem de poucas palavras e sérios princípios. Tão incapaz de mentir que, às vezes, abusava da franqueza e podia se prejudicar. Tão honesto que quase chegava a ter prejuízo, ao se recusar a vender algum produto porque já estava na prateleira havia muito tempo e podia estar com sua eficácia comprometida.

Aos poucos, José Almada foi tendo certeza: estava diante de um homem de bem. Modelar. Não poderia encontrar ninguém melhor para sua filha mais velha, a primeira a alcançar a idade casadoura. Sem qualquer sombra de dúvida. Falou com Alaíde, decidiram. Em seguida, tratou de resolver o assunto, numa conversa delicada e direta com o farmacêutico, mostrando-lhe as conveniências daquele enlace.

O Ramires já tinha reparado na moça, claro, quem não a conhecia na cidade? Era considerada uma das grandes belezas locais, admirada por todos, educada, muito prendada — e filha do seu Almada, tão rico, com todas aquelas propriedades... Por isso mesmo, ele hesitava. E o disse ao futuro sogro com todas as letras. Era demais para ele, um imigrante recém-chegado que não tinha onde cair morto. Só poderia pensar numa possibilidade dessas quando garantisse seu próprio pé-de-meia. Antes disso não ousaria, não ficava bem, não estava correto. E que o patrício não insistisse. Com todo o respeito, não poderia tirar da casa dos pais uma moça acostumada a ter tudo, do bom e do melhor, para lhe propor uma vida difícil, cheia de contas a pagar. Mais ainda: que o Almada não viesse com aquelas propostas de ajudá-lo porque isso o ofendia.

Diante de tanta veemência, não restavam muitos argumentos ao mais velho. Talvez até tenha se sentido um tanto sem jeito diante da negativa inesperada. Tinha motivos para reagir, constrangido, como quem oferece seu melhor produto e o vê ser recusado com firmeza.

Mas se lembrava do próprio pai, da cerimônia na aldeia na véspera de sua partida, ainda menino. Essa recordação, sempre presente, lhe deu motivos para insistir. Cada vez mais se convencia de que estava diante de um tesouro, não podia deixar passar a oportunidade de casar a filha com alguém tão raro. Um homem de bem.

Pensou a noite toda, conversou com Alaíde. Retornou à farmácia no final do dia seguinte, no momento em que o Ramires ia fechar as portas. Agradeceu a franqueza do rapaz na véspera e se desculpou por voltar ao assunto. Também abriu o coração, falou no pai, nas lembranças lusitanas, na sua chegada ao Brasil, na ajuda preciosa que recebera do Vicente. Acabou propondo ao outro lhe fazer algo semelhante: lhe adiantaria um dinheiro para investir em seu negócio, como um empréstimo de pai para filho, a ser pago aos poucos com os rendimentos da farmácia. Em troca, pedia-lhe que casasse com sua filha.

Era um pedido mesmo, não havia como negar. Mas José Almada não se envergonhava de fazer tal súplica porque tinha certeza de que muito se orgulharia de ter o Ramires como genro e pai de seus netos. A oferta era parte de uma negociação que ele via como lucrativa, a longo prazo.

O rapaz, finalmente, concordou.

O acordo foi selado com um abraço entre os dois homens. E dois cálices de vinho do Porto, solenemente tomados ali na farmácia mesmo, junto ao balcão.

Combinaram que daí a duas semanas fariam um grande almoço de domingo no sobradão, para que a noiva o conhecesse.

Faltava só falar com Nina.

À mesa do almoço no dia seguinte, com a família toda reunida, comunicaram a ela a novidade. A reação foi explosiva. A moça se levantou, gesticulando com o guardanapo na mão, e começou a gritar:

— De jeito nenhum! Mas que ideia é essa?

— Uma ideia boa, evidentemente. Sou teu pai, sei o que te convém. E o rapaz é um excelente partido, minha filha, um homem de bem...

— Era só o que faltava! Mas o que é que vocês estão pensando? Me casar com o Ramires? Aquele portuguesinho carrancudo? Não caso mesmo.

— Não é carrancudo, é um rapaz educado, muito gentil, sempre sorridente, até bem vistoso... — Alaíde tentou defender.

— Pode ser sorridente para vocês, mas para mim ele não sorri nunca. Eu até deixei de passar em frente da farmácia porque ele nunca olha para mim. Acho que é o único rapaz solteiro desta cidade que nem sabe que eu existo.

— Sabe, sim. Ele já concordou em casar contigo e vem almoçar conosco daqui a dois domingos — disse o pai, em tom definitivo. — E não se fala mais nisso, o assunto está encerrado de uma vez por todas.

— Encerrado? — repetiu Nina, amassando o guardanapo e jogando sobre o prato. — Encerrado coisa nenhuma. Ainda nem começou.

Olhou em volta, como se pedisse socorro aos irmãos. Ninguém ousava se mexer. No máximo, algumas das meninas abaixaram os olhos. Ela subiu ainda mais o tom de voz e continuou:

— E que história é essa de que ele já concordou? O senhor foi pedir a ele para casar comigo? E eu? Não conto em nada nessa história toda? Ninguém quer saber o que eu acho? Ficam todos tramando coisas pelas minhas costas? Não faltava mais nada... E eu? E eu?

Pegou um copo e jogou longe. E mais outro, em seguida. À cabeceira, Almada levantou-se furioso e esticou o braço, apontando para o corredor:

— Já para o teu quarto!

Alaíde teve medo de que o marido tivesse uma apoplexia. A filha continuava a responder:

— Vou mesmo e não saio mais! Nem para ver esse sujeito no tal almoço de domingo. Querem muito fazer esse casamento dele com alguém da casa? Pois casem uma das empregadas com ele!

Aflita, Alaíde interveio para diminuir a pressão:

— Não respondas ao teu pai, Nina!

— Ah, é? E ainda tenho que calar a boca? Pois não calo, ouçam bem! — gritava cada vez mais alto. — Não calo! Não me caso! Não vou para o quarto se não quiser! E não apareço na sala domingo nenhum, para conhecer esse sujeitinho atrevido...

— Vamos ver se não apareces. Isso é o que veremos — ainda disse o pai, de pé, vermelho, tentando se controlar, apertando o guardanapo nos dedos.

— Por quê? Vão me trazer à força? Não faltava mais nada. Pois vou lhes mostrar o que eu faço no domingo, se vocês ousarem me obrigar a vir à mesa comer junto com ele...

Num rompante súbito, Nina avançou para a mesa, pegou uma tigela com comida e a jogou de encontro à parede.

Em seguida, puxou com força a toalha, derrubando copos e jarras, lançando pratos e talheres ao chão. Saiu batendo pé e se trancou no quarto, fechando a porta com tanto ímpeto que abalou a casa toda. Até os copinhos de licor na prateleira de vidro, dentro da cristaleira espelhada, estremeceram.

Os irmãos olhavam aquilo perplexos. Jamais alguém se atrevera a desafiar o pai daquela forma. Alaíde e algumas das moças tentavam acalmá-lo. Acabaram conseguindo levá-lo também para o quarto.

Nunca nenhum dos filhos ficou sabendo como evoluiu aquele processo, após a cena inicial do que entrou para a história familiar como "a guerra dos guardanapos". Mas envolveu munição muito mais pesada — ao menos por parte de Nina.

Durante alguns dias, o pai não falou com ninguém. Nina também não saiu do quarto. Só Alaíde, com seu jeito manso, costurava aquela pacificação, na certa apelando para o carinho que sabia existir entre os dois. Talvez tenha falado na importância de respeitar a vontade da filha, já que essa reação era tão forte. Talvez tenha insinuado que Almada poderia procurar outros alvos, pois na cidade existiam outros partidos muito melhores e interessantes, em termos de negócios, com fortuna própria. Talvez tenha feito Nina ver que era muito mais fácil conseguir as coisas com doçura, amaciando o pai aos poucos em vez de enfrentá-lo. De qualquer modo, deve ter usado argumentos poderosos para, a duras penas, conseguir dobrar aquelas vontades e convencer o marido e a filha. Porque suas gestões funcionaram.

No sábado, estando todos (exceto Nina, que continuava no quarto) novamente reunidos em torno da mesa de jantar — com sua louça nova —, o velho Almada anunciou que tinha pensado muito e concluído que o Ramires era bom demais para ficar o resto da vida amarrado a uma mulher com um mau gênio daqueles. Ia manter o empréstimo prometido mas dispensar o farmacêutico da contrapartida de casar com a filha dele. Assunto decidido. Já tinha passado na farmácia e conversado com o rapaz.

No dia seguinte, na hora do almoço, Nina saiu do quarto e veio participar da refeição. Alaíde já lhe tinha contado as novidades. Chegou mansa, beijou a mão do pai, pediu desculpas publicamente, de olhos baixos. Em seguida sentou-se e comeu em silêncio. Sem nada que pudesse sugerir uma atitude de quem tripudia após a vitória.

No dia seguinte, bem cedo, saiu sozinha e foi até a farmácia.

Ao entrar, foi logo interpelando o Ramires. Afinal, ele queria ou não queria casar com ela? O farmacêutico gaguejou, sem graça, acabou dizendo que sim, já fazia muito tempo, mas acontece que ela era uma moça rica, ele não tinha recursos, porém aconteceu que depois o pai dela tinha conversado com ele e dissera que...

— Não quero saber do meu pai. Dele eu já cuidei. Quero saber de você. Quer ou não quer?

Ela era linda. E os olhos deviam faiscar. Ele a encarou e disse:

— Quero.

— Pois então vá lá e diga isso a ele.

— E tu? Queres, afinal? Teu pai disse-me que...

— Já lhe disse para deixar meu pai fora disso. Ele não manda em mim. Se eu quiser, caso. Se não quiser, não caso. Você só vai saber quando me perguntar. E só pode perguntar depois que disser ao meu pai que me quer. Independente do que ele possa achar ou querer resolver.

Assim se fez. Assim casaram daí a pouco mais de um ano. Se foram felizes ou não, só eles sabem. Uma coisa é certa: o Ramires devia ter aprendido muita coisa com esse episódio inicial. No quotidiano, revelou-se um adversário à altura, que jamais deu à esposa o gostinho de uma vitória. Um oponente muito mais frio e teimoso que o Almada. Não brigava, não topava provocações, não partia para enfrentamentos. Mas garantia que as coisas se fizessem sempre como queria — quando lhes dava importância. No varejo, cedia em todas as ocasiões miúdas. Numerosas, mas sem qualquer relevo.

Com esse equilíbrio, tiveram um casamento duradouro e aparentemente bem-sucedido. Só que, ao longo da vida, Nina jamais conseguiu dobrá-lo como sempre acabava fazendo com o pai quando era solteira.

De qualquer forma, o fato é que, desde esse primeiro casamento de uma filha, o velho Almada se convenceu de que não conseguia entender o que se passava na cabeça das mulheres da família quando o assunto era matrimônio. As bodas seguintes se encarregaram de confirmar a impressão — culminando com aquele escândalo da Caçula.

Desistiu de querer controlar as escolhas. Gato escaldado, ficou com medo da água fria.

Professora de história, minha mãe acha que muito mais interessante do que estudar os grandes acontecimentos é acompanhar como vão se transformando os costumes e o comportamento quotidiano. Diz que eles é que nos revelam as coisas mais verdadeiras de uma época ou sociedade.

Talvez uma variante disso seja examinar de modo crítico aquilo de que se orgulham e de que se envergonham os povos ao longo do tempo. Há nações que fazem justamente o que em outros séculos denunciaram e combateram nos inimigos. Governos que se orgulham de políticas antes apresentadas como vergonha nos adversários. Povos que carregam o constrangimento envergonhado do que seus antepassados fizeram com orgulho. E muitas vezes a história testemunhou a humilhação e o vexame impostos pela escravidão a um povo que antes se gabava de contar com legiões de escravos para construir seus monumentos, fazer seu trabalho braçal ou formar seus exércitos. Apenas o reverso da moeda. Sinal de que girou a roda do tempo. Sem categorias de bem e mal que sejam intrínsecas a cada povo. Antigas vítimas se transformam em carrascos. Humilhações notórias adquirem novas tintas com o tempo e passam a ser cultuadas como símbolo de heroísmo, merecedor de todas as honras.

Vistos com um distanciamento histórico, e em termos coletivos, esses processos passam por uma ótica de relativização. Seu exame, muitas vezes, é confundido pela interferência de fatores políticos e ideológicos. Uma certa ironia cínica perpassa as observações que pretendam ser mais independentes. Talvez isso explique porque tantos estudam a ascensão e queda dos impérios e poucos se debruçam sobre o orgulho e a vergonha das nações. Trata-se de algo muito mais tênue, sutil. Impalpável. Não dá para medir em números. Mas esses sentimentos coletivos existem. Sem eles não se constrói a consciência de identidade de um povo.

Só que não são estudados pela história. Nem pela sociologia. Ficam para setores marginais de uma vaga antropologia cultural. Quando não são simplesmente esquecidos, cabendo à psicologia tentar resgatá-los. Ou à ética.

Fazem parte da eterna dicotomia entre bem e mal. Coisa fora de moda hoje em dia, coberta pelo vasto rótulo de maniqueísmo. Ou confundida com moralismo. Algo a ser evitado com todas as forças.

Mas pode valer a pena dar um *zoom* e olhar mais de perto. O que ocorre muito nesses casos é uma distorção moral, em que o sujeito se acha tão bom que se concede o direito de fazer o mal. Ou de não fazer o bem — como demonstram tantos exemplos de omissão ou apatia, de quem prefere esconder sua conivência como um segredo vergonhoso. Gente que fica constrangida em compactuar com o erro. Mesmo sem chegar claramente a colaborar. No entanto, nem por isso deixa de fazer parte dele. Não chega a se sentir culpada. Mas sabe o que fez ou deixou de fazer. E tem vergonha.

Quando esse sentimento é intenso demais, o envergonhado nem consegue discutir objetivamente as formas de tentar consertar o mal feito, compensar a vítima, fazer redistribuições materiais. E acaba atrapalhando a busca de justiça.

O culpado é capaz de propor um acordo e concordar com uma reparação financeira. O envergonhado disfarça e muda de assunto. O chantagista descobre vergonhas ocultas e as trata como culpas — para ganhar dinheiro com isso. São comportamentos conhecidos.

Mas há uma distorção ética cada vez mais frequente. A de desculpar o próprio erro ou o crime atual, apresentando-o como uma forma torta de reparar injustiças passadas ou causadas pelos outros. Travestir o mal de justiça — e, com isso, desmoralizar o direito de uma vez por todas. Assim funcionam os mecanismos que dão a quem se sente lesado o direito de revidar como bem entender. Considerando-se uma vítima, decreta-se uma exceção. Por conta própria, se vê acima das exigências morais que devem ser feitas aos outros. Na verdade, nem se detém para pensar nisso. Parte do pressuposto de que tem todo o direito de fazer o que não desejaria que lhe fizessem, para compensar o que acha que a vida já lhe fez. E sai cobrando a conta ou defendendo o seu.

Talvez só assim seja possível entender certos comportamentos. O do político corrupto que dorme bem toda noite, o do bandido que se sente mais importante a cada novo ato de violência, o do vigarista que constrói uma carreira na mentira, o do chefe que não admite controle nem limites para sua ação, o do juiz que impede que a justiça seja feita. Basta situar o atendimento ao próprio desejo como o eixo central da existência e ser incapaz de pensar no sofrimento alheio. Quando quem faz o mal nem sente vergonha, é caso perdido.

O homem de bem fica exposto. Não há salvação.

José Almada não era um homem supersticioso. Mas deixava que coisas importantes em sua vida fossem guiadas por decisões nascidas de uma irracionalidade que não seria capaz de explicar.

A virada que deu aos sessenta anos, por exemplo.

Estava convencido de que ia morrer logo. Pai, avô, tios, irmãos, muitas pessoas em sua família não tinham vivido mais do que seis décadas. A partir dessa constatação foi necessário apenas um pequeno passo para que ele concluísse que o mesmo iria lhe acontecer.

Não trocou ideias com ninguém a respeito de seus planos. Mas organizou tudo em minúcias.

Pretendia estar preparado quando a morte chegasse. Não queria dar trabalho a ninguém. Escolheu o próprio túmulo. Escreveu uma lista com todas as providências necessárias ao enterro e a guardou num envelope, junto com o dinheiro necessário para essas despesas. E tratou de dispor de seus inúmeros bens.

Ao pensar em como distribuir tudo pelos filhos, não pôde deixar de observar o óbvio. Alguma coisa na maneira pela qual os criara não tinha dado muito certo. O principal funcionou: eram honestos, ah, isso eram. Todos, sem exceção. O maior orgulho de sua vida.

Mas, ao mesmo tempo, eram rebeldes, temperamentais, geniosos, atrevidos.

— Os Almada são malcriadíssimos — era voz geral.

Eram mesmo. Diziam o que lhes dava na telha, sem medir consequências. Passavam descomposturas em estranhos, faziam cenas explosivas com os amigos. Sobretudo, brigavam muito entre si. E ainda nem tinham herdado... — como dizia um advogado petropolitano cuja sabedoria José Almada respeitava muito.

Quando os filhos eram pequenos, Almada nem se envolvia com essas questões. Alaíde é que tratava disso, dando fim às discussões e disputas, aos gritos, aos eventuais socos e puxões de cabelos, beliscões e empurrões. Às vezes, quando os ânimos ficavam muito exaltados, ela perdia a paciência e aplicava um corretivo forte. Outras vezes, apenas tratava de afastar os contendores.

Quando não conseguia impor sua autoridade ou convencê-los a fazer as pazes, utilizava um recurso que, pelo menos, acalmava o ambiente e dava a ela umas horas de sossego. Mandava chamar duas charretes de aluguel, separava os brigões em dois veículos distintos, dava ordens aos cocheiros para que fossem fazer longos passeios com as crianças, em sentidos opostos. Um ia para o Alto da Serra, outro saía em direção à Cascatinha. Muito tempo depois, quando voltavam, em geral nem se lembravam mais dos motivos da discussão.

Agora estavam crescidos, porém. Almada não podia distraí-los com esses truques infantis.

Prevendo a complexidade das brigas sem fim em que os filhos se meteriam por causa da herança, o velho procurou tomar providências para limitá-las.

Antes de mais nada, tratou de transformar quase todo seu patrimônio em dinheiro. Ficava mais fácil de dividir, virava um simples problema de aritmética pura. Vendeu a Casa do Almada por excelente preço, com todo seu estoque. Excluiu apenas o quintal da casa e o andar de cima do sobradão onde ficaria morando, com todos os seus pertences. Depois, prosseguiu no seu projeto. Desfez-se dos chalés e casinhas que possuía, espalhados pela cidade, sempre lhe rendendo uma boa quantia em aluguéis. Transformou em dinheiro vivo os títulos e papéis, deu liquidez ao que imobilizara em joias, retirou-se das sociedades que tinha em três empreendimentos industriais locais.

Mas, preocupado em assegurar que cada filho tivesse sempre a garantia mínima de um teto, mandou construir na avenida principal um pequeno hotel com 14 quartos. Eventualmente, se necessário, cada um poderia sempre ter um quarto à sua disposição, sobrando ainda um para uso do próprio patriarca se este algum dia viesse a desejá-lo. Tivera essa ideia alguns anos antes, quando um freguês lhe deu um hotel como pagamento de uma dívida. O ramo da hotelaria não o atraiu e ele preferiu passar o negócio adiante, com bom lucro. Mas ficou a ideia, a que recorria agora para eventual segurança dos filhos.

Ia morrer, estava convencido disso. Não lhe caberia, portanto, tocar o negócio. Aliás, não era um negócio. Era apenas uma provisão para o futuro da prole. Enquanto não fosse necessário recorrer a ela, contratou um gerente, e pronto.

O resto, vendeu tudo.

Só não vendeu o Caxangá. Não conseguia. Era terra. Bem que não se vende, só se compra. Uma terra que guardava em cada torrão toda sua história. Onde conhecia cada planta e cada cantinho. Onde enterrara os tocos dos umbigos de todos os seus filhos — os que vingaram e os que morreram. Onde festejara os casamentos de todas as filhas — até o que não houve. Onde colhera o alimento e a riqueza que os sustentara.

O Caxangá ele não pretendia vender nunca.

Ao final de todas essas providências, botou todo o dinheiro numa conta corrente no banco, fez um testamento que guardou no cofre, deitou-se na cama e começou a esperar a morte.

Esperou mais 34 anos.

— A morte me enganou... — dizia.

E enquanto o enganava, ia comendo sua fortuna. Nas despesas da casa, na fartura exagerada, nas contas a pagar, na falta de novos investimentos. E no *crash* da Bolsa de Nova York, na crise do café brasileiro, na inflação do país.

Nos primeiros 15 ou 16 anos, ele ainda se manteve atualizado, lia jornais diariamente, procurava acompanhar o que acontecia. Era capaz até de dar alguns conselhos de negócios a algum eventual visitante. Mas para si mesmo, seu patrimônio, não se mexia mais. Não fazia nenhum movimento para aumentar ou proteger a própria fortuna. Apenas deixava que se esvaísse. E esperava a morte.

Porém os acontecimentos no mundo foram tornando a leitura dos jornais cada vez mais penosa. A ditadura em seu país, por exemplo. Em seus dois países, aliás, com os golpes de Estado e os projetos totalitários paralelos de Getúlio Vargas no Brasil e Oliveira Salazar em Portugal. Cada um com seu Estado Novo e seu autoritarismo, suas perseguições, sua negação das liberdades. Outra tristeza quotidiana era ler sobre a Guerra Civil Espanhola, irmãos se matando daquela maneira. Em seguida, a Segunda Guerra Mundial foi demais para Almada. Depois da violência e da carnificina da primeira, ainda tinha de ver, no fim da vida, toda aquela barbárie solta de novo pelo mundo?! Sabia que estavam chegando refugiados a Petrópolis, a cidade os acolhia bem. Veio gente importante, como o escritor austríaco Stefan Zweig. E gente comum. Até mesmo um neto muito jovem de Vicente e Rosa apareceu inesperadamente, dando-lhe a oportunidade de retribuir um pouco do tanto que devia ao casal pelo muito que de ambos recebera em seus começos.

Ajudou o rapazola. Acolheu-o em casa, deu-lhe um emprego, ouviu as notícias que ele lhe dava da aldeia, a esta altura um mundo tão distante.

— As coisas andam muito difíceis por lá, seu Almada. Se não fosse pelo socorro que me deu sua sobrinha, eu teria morrido de fome.

— Minha sobrinha? Quem? Como foi essa história?

Ficou então sabendo que Salazar confiscara toda a produção agrícola para manter os preços. Quem desrespeitasse as ordens corria sérios riscos. Mas uma Almada, filha de um irmão de José, desobedeceu e se arriscou, enterrando sacos de milho no quintal durante a noite. Quando precisava, recorria a eles em segredo. Por isso, em sua casa sempre restara alguma broa durante o período de privação maior.

— O miúdo que batesse à sua porta nunca voltava de mãos a abanar.

Almada sentiu orgulho da própria família. Ficou contente em poder ajudar o rapaz a se estabelecer no Brasil. Mas sabia que o que fazia era pouco, apenas uma gota d'água num oceano de necessidade. As carências eram muito maiores, num mundo entregue à injustiça.

Aquilo tudo o enchia de angústia. O que lia nas páginas da imprensa o deixava perplexo e horrorizado. Chocado e impotente. Como a morte o tinha poupado para assistir a tamanha crueldade? Tinha sido para aquilo que vivera tanto? O que um homem de bem poderia fazer diante daquela insânia toda? Sofria. Gostaria de poder tapar os ouvidos e fechar os olhos.

Não, nada disso. O bom seria se nada daquilo estivesse acontecendo. Se o mundo não lhe desse tantos motivos para se afligir. E ele pudesse continuar a esperar a morte despreocupado, acolhendo os netos mais novos com a mesma alegria com que recebera a pequena Maria da Glória nos primeiros anos de seu recolhimento. Para brincadeiras e música em conserva. Para ver a bailarina em sua caixinha, girando ao som da melodia — no ritual que a neta mais velha, agora já adulta, ainda lhe pedia que repetisse cada vez que vinha visitá-lo. Sem nem desconfiar do cuidado com que o velho mantinha aquele mecanismo bem-azeitado, apenas para poder atendê-la sempre.

Essas pequenas alegrias, porém, eram raras. Cada vez que abria um jornal sentia uma tristeza infinita.

Pelas empregadas que cuidavam dele, os filhos ficavam sabendo que, quase todo dia, quando o velho Almada acabava de ler as notícias, ficava algum tempo sem querer falar nada nem ver ninguém. Apenas permanecia imóvel e calado, olhando a parede em frente à cama.

Um dia, uma filha que chegou para a visita matinal o encontrou chorando com o jornal na mão. Não dizia nada. Não precisava. O olhar dizia tudo.

Nesse dia, ela resolveu esconder seus óculos por uns tempos, fingir que tinham se quebrado. E suspender a leitura dos jornais por mais tempo ainda. Acabou sendo para sempre.

Dois cadernos e meio, preenchidos com letra grande e inclinada, com a regularidade de quem fez muito exercício de caligrafia em criança. Quando tia Dora morreu, vieram parar em minhas mãos. Devem ter feito bem a ela, porque aproveitou com sofreguidão a oportunidade de escrever.

Pelo que contavam na clínica, o estado dela mudou para muito melhor com as atividades que foi passando a desenvolver. O bloco de desenhos, o teclado e os cadernos lhe trouxeram interesses novos, um mundo onde se refugiar, um universo a compartir com os outros, quando quisesse. Se desejasse, mostrava os desenhos, tocava para todos, conversava sobre lembranças que a escrita lhe trouxera. Mas apenas sobre as superficiais — detalhes de como era sua cidade, os passeios que fazia, alguma amiga que recordava. Não falava de traumas nem de fatos marcantes. Mas fazia vários desenhos por semana, tocava piano todo dia e passou a escrever freneticamente, numa mesinha do canto do refeitório.

Como a toda hora a interrompiam, montou outro esquema. Afinal, era responsável, bem-comportada, não estava presa. Apenas morava ali e tinha assistência, mas dispunha de total liberdade de locomoção. Até lhe permitiam dar seus pequenos passeios de vez em quando. Passou então a sair diariamente, de caderno e caneta na mão, como quem vai para o escritório.

Virou uma personagem do bairro — a grande dama do botequim. Atravessava a rua, sentava junto a uma mesa do boteco em frente, pedia um café e escrevia até cansar. Eventualmente, falava com os frequentadores habituais, conversava com o dono do bar, que lhe emprestava o jornal diário, já lido. Mas não dava intimidades. Acostumaram-se com ela. Quando morreu, vieram todos ver a saída do corpo. Trazendo-lhe a homenagem do silêncio.

Ao ler o que escreveu, me dei conta da oportunidade de evocação que aquelas páginas lhe deram, sem que a levassem a reviver trauma algum. Mas entendi a resposta que um dia me dera, quando eu ainda esperava que me levasse a mergulhar em mais uma porção de casos semelhantes aos que minha avó Glorinha contava — histórias de família, evocações nostálgicas, anedotas divertidas, ambientes passados.

— E você pensa que eu tenho alguma saudade desse tempo? Mas que ideia! Só se for do cheiro de pão assando no forno... Isso, sim, era bom. O resto pode ficar para trás.

Quando recebeu o teclado, a primeira coisa que tocou foi uma melodia popular simples, cujo nome nós não sabíamos, nem ela. De repente, aquelas notas me trouxeram uma lembrança muito viva de minha avó Glorinha, que sempre cantarolava aquilo. As obras de peso, dos grandes compositores, só vieram depois. E todo dia, quando começava a tocar, o que tia Dora fazia era dedilhar essas mesmas notas, essa melodia simples, numa espécie de aquecimento musical. Sem elas não passava para suas peças românticas.

Talvez estivesse também fazendo isso com a escrita e pretendesse mais adiante escrever algo maior, mas a morte não lhe deixou tempo. Só registrou miudezas. Com entusiasmo, porém. Como o artista que recusa as telas e o óleo e prefere se expressar sobre o papel, com lápis de cor, pastel ou aquarela. Nem por isso cria menos.

Ao ler as evocações singelas de tia Dora me dei conta de sua importância. Percebi que, para o sofrimento da Caçula, não foram necessários grandes acontecimentos nem rupturas dramáticas. O que lhe doía veio pingando devagar, destilado dia a dia, na dor de quem se sentiu rejeitada a vida toda. A não ser pelo piano e pela amiga.

> *Eu, Doralite de Almeida Almada, a Caçula, hoje Dora, nasci no dia 19 de junho de 1907 na cidade de Petrópolis. Sou a décima terceira. Meu pai era português, José Almeida Almada. Minha mãe era mineira, Alaíde Vieira Almada. Eu e meus irmãos fizemos o primário no Colégio das Irmãs Coelho. Depois, meus irmãos estudaram no Vicente de Paula e eu e minhas irmãs no Sion. Eram ótimos colégios e funcionavam no prédio onde tinha sido o Palácio Imperial.*
>
> *Eu fui muito alegre e sempre disposta a ajudar as pessoas que estivessem sofrendo.*
>
> *Mas nunca fui a predileta de meus pais. Nem de ninguém.*

O piano era uma das alegrias de Maria da Glória na casa dos avós. Não porque, de vez em quando, a deixavam ajustar a altura do banco, sentar-se e dedilhar algo como "Cai, cai, balão". Isso ela também fazia em casa e não tinha muita graça. Mas o piano dos avós oferecia dois atrativos diferentes. O primeiro era que as tias tocavam um repertório muito maior e mais variado do que o de sua mãe, tendo estudado mais tempo que Nina. Ouvi-las era um encantamento. O segundo? Tratava-se de um piano diferente.

É que era também uma pianola. Ou seja, frente a ele era possível alguém mexer numa chave especial ao se sentar naquele mesmo banquinho, e em seguida, apenas fingir que dedilhava as teclas enquanto apertava os pedais. Uma música completa saía do instrumento enquanto o marfim e o ébano do teclado se abaixavam sozinhos em acordes tocados por mão invisível. Pura mágica... A menina adorava fazer isso e brincar de concertista, diante de uma plateia de bonecas e bichinhos de pelúcia sentados na grande marquesa de palhinha, do outro lado da sala. Ouvia até os aplausos, pedidos de bis — e atendia.

Às vezes, a brincadeira era outra. Como se fosse um pianista de cinema, daqueles que tocavam ao vivo enquanto o filme mudo era exibido, Maria da Glória se sentava no mesmo banquinho e fazia deslizar as portas de correr acima do teclado. Fingia tocar olhando para a "tela" à sua frente. O espetáculo diante de seus olhos era tão movimentado quanto qualquer filme, embora menos variado: revelava o mecanismo que possibilitava aquele milagre, feito de rolos de papel salpicados de furinhos, que se desenrolavam de um lado para se enrolar de outro e com isso misteriosamente acionavam certas teclas, batendo com seus martelinhos em cordas retesadas lá dentro da imensa caixa de madeira. O resultado era música que tocava sozinha.

A menina já observara que, para a melodia ser ouvida sem que ninguém realmente tocasse, parecia necessário sempre haver algo que girasse. Como os rolos da pianola ou a manivela que dava corda no gramofone. Ou o próprio disco percorrido pela agulha depois desse gesto, enquanto o som saía pela corola da imensa flor metálica.

Porém nada a encantava tanto quanto o giro da bailarina multiplicada pelos espelhos da caixinha de música, dançando ao som da melodia. Sabia que aquilo só era possível devido a outro mecanismo giratório. Um cilindro metálico com pequenas saliências que se prendiam em minúsculas lâminas, emitindo sons ao serem soltas. Era aquilo que fazia a música. O avô já lhe explicara como funcionava. E até, algumas vezes, já lhe deixara ver a cuidadosa operação mensal de limpeza e azeitamento das entranhas da caixinha.

Era quase um ritual encantado. Tão importante que exigia que José Almada se transformasse, usando uma espécie de miniluneta como se fosse um marinheiro. Na verdade, como o velho dissera à neta, era o contrário — não servia para enxergar longe, mas para ver mais de perto. Uma lente especial que encomendara, de relojoeiro. Um reforço que prendia diante do olho ao se concentrar no que estava fazendo.

Enquanto isso, o avô dava também uma função à neta. Maria da Glória ficava encarregada de cantarolar a melodia. Ele dizia que era para que a música não saísse voando, se perdesse no ar e se misturasse ao canto do sabiá ou dos coleirinhos, canários e curiós do viveiro. Podia não voltar mais, como pássaro fugido.

Compenetrada, a menina cantava durante toda a operação. Talvez Almada fizesse isso para que a neta não ficasse mexendo em tudo e fazendo perguntas o tempo todo. Pelo menos, foi o que ela concluiu mais tarde quando pensou no assunto, ao relatar essa lembrança para a sua neta, Letícia. Na ocasião, não analisava nada. Apenas vivia. Ajudava o avô a cuidar da bailarina e da música de que os dois gostavam.

Quando o processo se completava, ela batia palmas, parava de cantar e exclamava:

— Pronto!

A caixinha retomava a melodia. Estava tudo certo. Quando os sons se calavam, o avô dizia:

— Luz da minh'alma.

Palavras mágicas e rituais. Sinal de que o processo estava concluído e o resultado fora aprovado.

Cada um de meus irmãos era um pouco o predileto de alguém. Bebé, por exemplo. Era afilhada do barão de Santa Isabel. Ele a adorava e fazia todas as vontades dela. Dava muitos presentes que vinham do exterior. Eu via aquilo tudo, sem me importar porque não ganhava nada de ninguém. Mas lembro.

Na minha mocidade, quando eu ainda morava com os meus pais, o piano foi o meu companheiro, que muito me ajudava nas minhas tristezas. Gostava também de tomar conta de minhas sobrinhas, especialmente Marta. Ela me adorava e ficava feliz quando Chiquita me chamava porque queria sair e não tinha com quem deixá-la.

Nós éramos 12 crianças — sete de mamãe (porque os outros seis já eram crescidos) e cinco da Nina. Depois vieram também mais dois de tia Heleninha, irmã da mamãe. Na hora das refeições, às vezes fazíamos tanta algazarra que papai dava um tostão para a criançada ficar calada. Ele precisava de sossego. E nós íamos comprar balas depois.

Mas ele tinha uns netos preferidos. Maria da Glória, principalmente ela, todo mundo reparava. E Augusto também, mas menos. Todos os dias, às 11 horas, eles iam esperar papai sair da loja para vir almoçar. Aí ele dava uma pratinha de dois mil-réis para cada um.

Eu via isso e tocava piano. Por mais triste que estivesse, o piano sempre foi meu amigo. Tocava Bach, Chopin, Mendelssohn e Schubert, que tanto bem faziam à minha alma e me confortavam. Não sei por quê, apesar de ser alegre, sempre vivi sozinha.

Nós morávamos em Petrópolis, com o máximo conforto, mas tínhamos uma casa no Rio de Janeiro para ir nos meses do inverno. Um palacete na Tijuca, que era o bairro mais chique. Com vários quartos e duas salas, um jardim na frente e um pomar nos fundos.

Mamãe sempre procurava nos dar os melhores professores. Foi assim que madame Nepomuceno entrou em nossas vidas. Primeiramente, lecionava apenas no inverno, no Rio de Janeiro. Depois mamãe resolveu que deveríamos ter aulas também no verão em Petrópolis. Toda segunda-feira ela tomava o trem das seis da manhã e chegava em nossa casa às sete. Mamãe sempre oferecia um ótimo café da manhã e as aulas começavam às oito, para mim e minhas irmãs. Terminavam ao meio-dia e madame Nepomuceno almoçava conosco. Quando ela teve que deixar o Brasil com a família, indicou sua melhor aluna, a professora Haydée, para substituí-la. Um dia, esta me disse:

— Dora, não posso mais ser sua professora, porque você sabe tanto quanto eu.

Falou com mamãe que eu deveria vir para o Rio de Janeiro e terminar meu curso de piano no Instituto Nacional de Música, na Lapa. Ficou resolvido que eu iria morar com minha irmã Baby, já casada. Vim feliz, livrei--me de ter de obedecer a meus pais. Tinha aulas de piano e harmonia, de manhã e de tarde. O nosso uniforme era verde, por isso nos chamavam de Periquitinhas da Lapa.

Mas todo verão eu voltava a Petrópolis. Fiz isso até a hora de casar, quando não quis aquele homem e me mudei para o Rio de uma vez. Fiquei feliz e me divertia muito, aproveitando a liberdade que nunca tive. Mas, como sempre, sozinha. Tinha esperança de conseguir casar com um dentista de quem eu gostava. Mas acho que ele não gostava de mim porque nunca falou nisso.

Infelizmente, esse tempo morando com a minha irmã no Rio não durou muito. O meu cunhado adoeceu e os médicos acharam que eles deviam se mudar para Petrópolis, por causa do clima melhor. A sorte foi que consegui concluir meu curso.

Um dia, muitos anos depois, encontrei madame Nepomuceno casualmente na rua da Quitanda. Conversamos por longo tempo, contei que tinha terminado o curso de piano, ela quis me ouvir. Fomos até minha casa e toquei o estudo número 12 de Chopin e a "Marcha militar" de Schubert. Ela disse:

— Você progrediu muito. Feliz aquele que tiver a sorte de ouvir você interpretar os grandes mestres...

Sempre gostei de tocar. Com sentimento. Porque sei que tocar não é martelar as teclas, mas expressar uma emoção. A música tem a propriedade de nos proporcionar uma verdadeira paz. Isso é que o piano sempre foi para mim... Luz da minha alma. A verdadeira... E não aquela bobagem do papai com Maria da Glória.

Morte e casamento. O fim e o sexo. Duas instâncias fundamentais da vida humana. Garantem a necessidade e a possibilidade da perpetuação da espécie. Daí serem marcados por solenes ritos de passagem em todas as culturas. E se associarem a emoções poderosas dentro de cada mente. Mistérios que tocam o limiar do desconhecido.

Não é de admirar que a atitude algo supersticiosa de José Almada tenha se concentrado exatamente nesses dois momentos. Se em relação à sua própria morte foi abertamente irracional, ao preparar tudo para deixar a vida aos sessenta anos e dedicar o resto de sua existência a esperar o instante do próprio fim, também desenvolveu uma postura algo estranha, quase supersticiosa, em relação ao casamento dos descendentes. Sobretudo das mulheres.

Quase todas as filhas tinham transformado a ocasião num pretexto para confronto, embate e desafio — da mais velha à caçula. Para não falar em outra delas, que pareceu tão dócil e obediente ao aceitar o noivo escolhido pelo pai, mas pouco depois largou o marido e foi se amasiar com um homem casado. Ainda que, surpreendentemente, ele também tivesse largado a família e vivido com ela por mais de quarenta anos longos e felizes. De qualquer forma, o fato confirmou a sensação que Almada tinha mas que jamais admitiria em público: a de que nessa área a sua interferência era um desastre. E as filhas faziam questão de solapar sua autoridade no assunto.

As netas, por outro lado, só lhe traziam alegrias nesse campo. Por um estranho processo, parecia-lhe que os erros das mães eram redimidos pelas meninas. Escolhiam bem, traziam-lhe noivos afáveis e bem-educados, homens honestos, faziam bons casamentos. Depois da quarta ou quinta, passou a acolher os futuros maridos delas de braços abertos.

Foi seu erro. Não estava preparado para a falta de escrúpulos de Luís Carlos.

Na verdade, ninguém estaria. Ao menos, não alguém formado segundo os princípios pelos quais José Almada norteara toda sua vida.

Mas ele jamais aceitou essa explicação como desculpa. Achava que devia ter visto e percebido. Afinal, era um homem de negócios, dedicara toda sua vida profissional a lidar com gente de todo tipo e a tratar de compra e venda. Tinha obrigação de ter aprendido a conhecer as pessoas e a discernir quem presta. Como não conseguira distinguir entre um vigarista e um homem de bem? Como pudera ser tão ingênuo? Tão estúpido?

— O carinho por Marta cegou sua visão... — lhe diziam, para consolá-lo. — Foi por isso que o senhor não viu que esse sujeito não valia nada.

Não havia consolo. Só a mortificação por ter sido enganado de maneira tão crua e tão completa.

Uma vergonha que o fez ficar definitivamente trancado no quarto e o acompanhou até o túmulo.

* * *

Quando éramos crianças, papai era uma pessoa muito alegre. Mas namorar lá em casa era proibido. Tinha que ser sempre escondido. Ou só com quem papai resolvia. Uma tristeza. Mas tinha momentos bons. Você me pede para tentar lembrar deles, Ângela. E você tem sido tão boa para mim que eu vou tentar. Pensei que depois da morte da minha querida Mariinha eu nunca mais ia encontrar uma nova amiga, mas o destino me trouxe você, que é tão mais moça, filha de minha sobrinha e está sendo um anjo na minha vida. Nem sei se vou lhe mostrar este caderno, você mesma disse que não precisa, posso rasgar ou queimar depois que escrever. Mas vou fazer sua vontade e tentar lembrar de coisas boas.

Sinto saudade do Carnaval. Por ser o melhor cliente da firma David Papel Ltda., papai ganhava muitos sacos de confete (de sessenta quilos cada). O nosso carro ficava coberto de serpentinas e confetes e saíamos rindo e brincando. Preparávamos água de cheiro vários dias antes, para encher os limões e fazer batalhas com outros foliões.

Também sempre tivemos ótimo Natal. Os preparativos começavam uma semana antes. Mamãe cuidava de tudo. Minhas irmãs casadas vinham chegando com os filhos. Era sempre uma noite muito alegre.

No aniversário de papai, Nina também vinha com os filhos desde semanas antes, para ajudar mamãe a preparar tudo — e muitas vezes a festa era no Caxangá. A confeitaria Patrone fazia todo o serviço, os garçons já vinham na véspera. Era um movimento daqueles. Para se livrar da criançada, mamãe nos mandava para a rua com a governanta alemã. Naquela época, não havia muito automóvel, a gente andava mais era de carro puxado a cavalo. Para nós, eram necessárias duas charretes. Tinha dois cocheiros que nos serviam sempre — Alfredo e Malaquias. Nós adorávamos os dois, eles faziam todas as nossas vontades. Íamos para o Crémerie, um carro atrás do outro. Levávamos um farnel e passeávamos horas por lá, um carro na frente, outro atrás. Quando voltávamos, já estava tudo pronto para a festa do dia seguinte.

Outra festança para a criançada era quando mamãe ia fazer compras no Park-Royal. Ela levava também os filhos da Nina, que passava muita dificuldade porque o Ramires era pobre e nunca tinha dinheiro para comprar nada. A farmácia rendia pouco, não dava para nada, eles viviam mais com o que a Nina ganhava na pensão que abriu em casa, para fornecer refeições para fora. Então ia aquela porção de crianças. Passávamos o dia todo na seção de brinquedos, enquanto mamãe ficava sentada numa poltrona escolhendo os artigos que os vendedores lhe mostravam, principalmente roupas. Comprava para todos, filhos e netos. Tínhamos a mesma idade, estávamos sempre juntos, brincávamos e brigávamos muito. Quando mamãe perdia a paciência, punha todos de castigo. O de Hércules era fazer cópias. O de Chiquita era bordar. O de Bebé, queridinha, era ir para o quarto e ler um livro. O meu era sempre estudar piano. Quem lucrou fui eu, virei ótima pianista.

E ganhei um amigo, o piano. Meu único companheiro além da Mariinha. E agora, também tenho você, Ângela, minha sobrinha que eu nem conhecia e que tem sido tão boa, tão dedicada, tão paciente comigo agora que a Mariinha morreu. Mas fora isso, eu sempre fui muito sozinha.

Deve ser isso mesmo. Meu destino é ficar sozinha. Depois que não quis casar com aquele ho-

mem e vim-me embora de Petrópolis, comecei a viver minha vida completamente só. Fui morar num pensionato para moças na rua da Quitanda. Papai me dava uma boa mesada. Como eu era feliz nesse tempo... Ironia da sorte. Agora estou morando num pensionato para idosos. Mas não estou feliz. C'est la vie... Sinceramente, estou com mais de noventa anos e, por mais que eu pense, não consigo compreender como pode ser tão difícil viver. É só lutar, lutar sem parar e sem descanso. E esperar que aconteça alguma coisa boa que nunca vem.

— Conta outra vez, vovô...
— Mas se já te contei tantas vezes, pequena. Deves sabê-la de cor.
— Não faz mal. Gosto de ouvir.
— Diz-me, então. Como começa?
Maria da Glória se ajeitava melhor junto ao avô e começava:
— "Há muito tempo, muito longe daqui, num belo país do outro lado do mar, vivia um menino chamado José..." (que era o senhor).
— Se tu sabes tanto e contas tão bem, por que queres essa história de novo?
— Porque eu gosto. Vamos, agora é sua vez. Conta...
O avô continuava.
— Todos os dias, quando voltava do campo, o miúdo passava sobre uma pequena ponte em cima do riacho e se deixava estar um instante a contemplar as águas. Imaginava aonde elas poderiam dar. Punha-se então a sonhar. Tinha vontade de um dia poder segui-las...
Como as águas do rio, correndo serenas e saltitando por entre as pedras, a narrativa seguia em frente. Para a menina, era sempre nova. Uma de suas histórias favoritas. Nas outras, quando a avó lhe falava de um príncipe que saíra a correr o mundo em busca de aventuras, o personagem se con-

fundia com esse menino da aldeia que sonhava com mundos distantes e iria acabar atravessando o oceano para um dia ter uma neta... que era ela.

Quando cresceu e teve seus filhos e netos, a história continuou a fazer parte do repertório de Maria da Glória. Ao lado de tantas outras que lera e aprendera pela vida afora, volta e meia surgia a narrativa do menino pequeno que cruzou o mar sozinho num navio enorme e viveu uma porção de coisas até ter um bisneto ou tataraneto... *que era você*, a frase encantatória que se repetia.

Uma história viva em sua lembrança. Da mesma forma que a melodia da caixinha de música, que ela cantarolava distraída enquanto costurava, ou com a qual costumava encerrar a sessão de acalantos de um bebê. Quase sempre, apenas entoada de boca fechada, já no ato de se levantar e sair do quarto na ponta dos pés.

— Mas o que é isso? — perguntou Gilberto na primeira vez que ouviu a sobrinha pequena reproduzindo a melodia para uma boneca que embalava no colo.

— Uma música para ela dormir — respondeu Letícia.

— Mas isso faz parte da trilha sonora da mamãe... — estranhou ele. — Papai diz que é o prefixo musical do programa dela.

A menina já ouvira falar em prefixos e sufixos na escola. Mas não entendeu o que o tio dizia. Compreendeu melhor a observação do pai, quando Bruno disse:

— Ou a música de encerramento da programação. Pelo menos, quando vai botar Gabriel e Miguel para dormir. Na hora em que a gente ouve isso aí, já sabe que ela está saindo do quarto e encostando a porta.

— Pois foi com ela que eu aprendi.

— Ah, então entendi... — disse Gilberto.

Fez uma pausa e perguntou:

— E a história, você sabe também, Letícia?

— Que história?

— "Era uma vez, há muito tempo, muito longe daqui, num belo país do outro lado do mar, um menino chamado José..."

— Claro que sei! Vovó conta sempre. Você também sabe? Conta, conta!

Ele riu:

— Não. Eu conto outra. Uma história que tem essa história dentro.

Começou:

— "Era uma vez um velho que vivia trancado numa torre no alto de uma montanha, no meio de uma floresta, cercado por um jardim encantado..." Está bom assim?

— Não sei se eu vou gostar de história de velho trancado em torre — reclamou a menina.

— Mas a história não é só assim. Depois tem também um menino que vai levar um presente para o velho.

— Então conta.

Gilberto contou. E a sobrinha nunca esqueceu, incorporando também a história do tio ao seu repertório, ao lado da outra e da melodia da avó.

> *A coisa que deixava papai mais feliz era quando a família ia passar o fim de semana no Caxangá. Os pequenos iam em carroças puxadas por bois, com as rodas fazendo um barulho que guinchava, o tempo todo. Alguns iam a cavalo. Tinha um puro-sangue que se chamava Ministro. Quem sempre ia nele era a Bebé.*
>
> *As noites de luar eram muito agradáveis. Na festa de São João, fazíamos uma grande fogueira, tirávamos sortes. Dançávamos a noite toda. No verão também dançávamos às vezes. Até o dia raiar. Ao amanhecer, íamos tomar banho na água fresca do rio. Uma delícia. Nessas horas, papai ficava tão contente que até fingia não estar vendo os namoros... Felicidade com-*

pleta. Mas tinha que ser com alguém que fosse amigo, que ele mesmo tivesse convidado e por isso estivesse ali. Mas de qualquer modo, acho que estar com todos nós juntos, nos divertindo, no Caxangá, era a coisa que deixava meu pai mais alegre neste mundo.

Papai mandava vir de Portugal várias marcas de vinho, escolhidas com cuidado. Chegavam em barris. Depois eram engarrafados. Assim ele sempre tinha em casa o legítimo vinho português de que tanto gostava. E nós aprendemos a apreciar.

Que vida boa que nós levávamos, eu e Mariinha, depois no Rio. Teatro, cinema e viagens... Quando ela estava casada, muitas vezes eu fui com ela e o marido ao Cassino da Urca, um ambiente tão chique, com gente elegante, vestidos de gala, joias, peles, muitas luzes, grandes orquestras, espetáculos internacionais. No verão, íamos a Petrópolis, ao Cassino do Grande Hotel. Tínhamos preferência pela roleta. Mas jogávamos com muito juízo, víamos como o jogo podia arruinar vidas e destruir famílias. Já tínhamos sabido de muitos casos tristes. Às vezes, nos fins de semana, viajávamos. Aproveitei bem. Como era bom viver distante da família... Apesar de gostar imensamente de todo mundo, eu nunca fui a preferida de ninguém. Por isso, vivia feliz longe de todos. Só de vez em quando lembrava deles.

No tempo em que eu morei no Flamengo Hotel, encontrei um hóspede que ia muito a Petrópolis e se hospedava no hotel Avenida, mas não sabia que era de papai. Esse senhor Reis ficou muito impressionado com a honestidade do dono do hotel e me disse que ele o aconselhara: "Não faça as refeições aqui no nosso restaurante, a comida é péssima, estou com um cozinheiro muito ruim, não vale o que o senhor vai gastar..." O senhor Reis, conversando comigo, comentou: "Que português honesto! Mesmo tendo prejuízo me indicou um lugar melhor..." Fiquei feliz de poder dizer que era meu pai. Lembro dele com muito orgulho. Um homem vindo do meio mais humilde possível, que soube educar os filhos sem pancadaria, apenas com conselhos e bons exemplos.

  Era normal em todo o comércio, todos os sábados, forrar o balcão com papel e colocar espalhados vinténs, para a esmola dos pobres. Eles entravam, iam lá perto, apanhavam as moedas. Eu tinha uns sete anos, sabia que dez vinténs formavam um tostão, dava para comprar balas. Sempre via aquilo e achei que também queria uns vinténs. Todo sábado, tirava dez vinténs dos pobres. Durante muito tempo ninguém descobriu. Geralmente, depois do jantar, as crianças iam para a loja com papai, ficávamos brincando na calçada. Tínhamos ótimos brinquedos, automóveis de pedal, patins, velocípedes, patinetes. Papai ficava na caixa, lendo os jornais da noite. Eu ia lá perto, disfarçava, apanhava a pratinha, dizia: "Estava caída no chão, posso ficar com ela?" Ele sempre dizia que sim, distraído. Um dia ele viu. Então disse: "Isso não se faz. Quando quiseres a pratinha de dois mil-réis, me pede que eu te dou. Mas não procures me enganar e não digas mentiras."

  Um dia, na quitanda de dona Joaninha, eu peguei uma pera sem ninguém ver. Quando cheguei em casa com a fruta na mão, papai logo adivinhou. Ficou sério, me deu uma moeda para pagar e mandou eu voltar lá, contar o que tinha feito e pedir desculpas. Depois teve

uma conversa muito séria comigo, nunca vou esquecer de como começou: "Minha filha, nunca mais faça isso. Não quero ter vergonha de um filho. Quem começa assim, acaba ladrão e mentiroso. O pior fim que alguém pode ter."
Um homem muito severo, mas justo. Porém nunca fui a preferida dele. Nem de ninguém.

Era bom acompanhar a família crescendo. Algumas das netas já estavam casadas, duas até já tinham lhe dado bisnetos. Nas festas de família vinham todos a seu quarto lhe tomar a bênção, conversar um pouco. No resto do tempo, às vezes passava dias sozinho. Mas com frequência também aparecia um ou outro para visitá-lo. Uns poucos lhe davam prazer com sua companhia. Outros o irritavam, com seu ar de estar ali por obrigação, um jeito interesseiro de quem veio só conferir se ele ainda durava muito, como quem estava só de olho na herança. O que podia fazer? Também estava esperando a morte. Não dependia dele apressar sua hora.

Ainda bem que algumas visitas o distraíam. Contavam casos, comentavam novidades, faziam perguntas que o provocavam a pensar ou lembrar.

E era sempre uma alegria receber Maria da Glória.

Se vinha sozinha ou com o filho pequeno, às vezes ela até se lembrava da bailarina, apanhava a caixinha de música, cantarolava junto, mostrava ao menino, ensinava a dizer:

— Luz da minh'alma.

Se vinha com o marido, todos conversavam muito. O Rodrigo era um sujeito muito agradável, falava em política e em negócios, comentava o que estava acontecendo no mundo e no país, mas de igual para igual, de um jeito adulto, sem a mania de tratá-lo como se fosse uma criança, como alguns outros às vezes faziam. Seu Almada gostava muito de conversar com ele. E percebia que o rapaz lhe tinha um apreço genuíno.

Tudo confirmava sua impressão. As filhas podiam lhe ter dado dores de cabeça com suas escolhas matrimoniais, seus casamentos atribulados. Mas as netas haviam aprendido algo com todas aquelas reviravoltas, e estavam se revelando muito ajuizadas. O tempo estava aprimorando o processo e o velho gostava de constatar essa melhora.

Por isso, quando chegou a vez de outra neta vir lhe apresentar o noivo, José Almada já o esperou com um sentimento de simpatia antecipada. E a primeira impressão foi tão favorável que só fez confirmar a teoria do velho: os casamentos nessa geração iriam lhe trazer todas as alegrias que as atribulações anteriores haviam negado.

Luís Carlos era um rapaz vistoso, sorridente, elegante em seu terno muito bem cortado. Quando Marta o introduziu no quarto, entrou com uma atitude respeitosa. Não chegou falando alto como tantos jovens. Enquanto esteve sentado na poltrona adamascada em frente à cama, não teve gestos bruscos nem espalhafatosos. Respondia educadamente às perguntas. Ressaltava a beleza dos móveis e objetos de arte do quarto com palavras de elogio. Aliás, parecia demonstrar uma admiração legítima por toda a casa. Conversou num tom polido, sem usar expressões grosseiras. Tomou seu vinho do Porto com moderação. Não aceitou outra dose por mais que insistissem. Desculpou-se com gentileza, explicando que não estava acostumado a beber. Se não levassem a mal, preferia um cafezinho.

Além disso, o que mais agradou ao velho Almada foi ver o ar de aceitação carinhosa com que recebia os indisfarçáveis olhares ternos de Marta. Alguém capaz de tratar bem a neta e de valorizar os laços afetivos que devem unir um casal. Não lançou nem uma mirada de esguelha à empregadinha jovem e bonita que viera trazer o café.

Não bebia, não era mulherengo... Pelo jeito, um homem sem vícios.

Tudo contribuiu para que José Almada recebesse Luís Carlos de braços abertos.

Se sentir vergonha já está fora de moda, ter recato e pudor, então... nem se fala. Essas formas delicadas de acanhamento ficaram completamente ultrapassadas. Extintas. Até mesmo as palavras que a elas se referem perderam o uso. Os usuários do idioma nem sabem direito como pronunciá-las, ignoram onde fica o acento tônico de *pudico,* ficam em dúvida se *decoro* tem vogal fechada ou aberta.

Além de se referirem à honra e dignidade, esses termos ainda têm conotações delicadas. E a própria delicadeza é noção que se perde. Seja como for, recato, pudor, decoro mal sobrevivem fora do dicionário. Nem ao menos guardaram a grandiosidade trágica das enormes vergonhas, passíveis de serem mencionadas em discursos inflamados e solenes, causadas por desonra humilhante, opróbrio, infâmia ou ignomínia — palavras suficientemente grandiloquentes para poderem frequentar eventuais arroubos oratórios. Recato, pudor, decoro são diferentes. Humildes e retraídos. Não se movem tão à vontade na retórica desses discursos inchados. São delicados demais. Quase femininos. Ficaram apenas ridículos.

Já houve um tempo em que a capacidade de se envergonhar, em qualquer nível, podia funcionar como um atestado de bons antecedentes. Shakespeare faz bom uso disso em *Muito barulho por nada,* quando o frade se convence da inocência de Hero ao ver que a moça é capaz de corar seguidamente, e nem sabe que está sendo observada. Com sabedoria, o religioso conclui que ela foi caluniada, e defende sua inocência, já que ninguém consegue representar dessa forma e fingir esse tipo de reação. O argumento é decisivo e, por isso, acatado como evidência de um fato incontestável.

Ruborizar-se não está sujeito a controle. Brota do fundo da alma, num impulso insopitável. Tem a ver com brio. Com o sentido da própria dignidade e um sentimento de honra.

Durante alguns anos, desde o episódio do Luís Carlos, os eventuais visitantes que iam ao quarto de José Almada o viam ficar vermelho de vez em quando. Em silêncio. Às vezes até com os olhos lacrimejando de repente.

Sabiam todos que não era febre. E os que tinham amor por ele tratavam rapidamente de distraí-lo daquela lembrança. Por recato e delicado constrangimento.

Meu pai não chegou a conhecer o velho Almada. Ainda era bebê quando o bisavô morreu. Mas tio Gilberto, o irmão mais velho dele, ia de vez em quando passar fins de semana em Petrópolis com a família e foi levado algumas vezes para visitar o grande patriarca. Lembra muito pouco das circunstâncias ou do sobradão aonde minha avó o levava. Mas nunca esqueceu a figura do homem que encontrava recostado na cama, apoiado em um monte de travesseiros — cabelo muito branco, barba alva bem aparada, bigodes enormes. Frágil e imponente, vagamente assustador, mas tão carinhoso com vovó Glorinha que não dava para ninguém ter medo dele. E recorda muito bem a última vez que se encontraram, para uma despedida, poucos dias antes do falecimento do velho. O menino com oito anos, o homem com 94.

Mais que isso. Tio Gilberto sabe muito bem o que foi fazer lá nesse dia, porque sua mãe nunca deixou que esquecesse. Como todos os filhos, netos e bisnetos que se sucediam no quarto em romaria, foi pedir a bênção ao velho Almada, cuja vida estava se apagando.

Mas o que ninguém sabia era que foi também levar para ele um presente.

Livrei-me um pouco da solidão no dia em que tive a felicidade de conhecer Mariinha. 3 de março de 1933. Eu estava no pensionato, tinha acabado de tomar o café da manhã, chegaram duas moças vindas de São Paulo para trabalhar no Rio. Deviam ir para outro pensionato, a Associação Cristã de Moças, mas o chauffeur *do táxi se enganou e as deixou na nossa porta, a Associação das Senhoras Brasileiras.*

Falei com a superiora, irmã Clara, que deixou que elas ficassem. Uma era a Mariinha. Estava tristíssima e depois me contou por quê. Tinha trinta anos, eu tinha 26. Deixara em São Paulo o namorado que adorava, Walter, que acabara de ficar noivo de outra. Estava sofrendo muito. Vinha trabalhar numa firma estrangeira. Ficamos amigas para sempre. Como se tivéssemos sido companheiras de infância.

Mais tarde, ela se casou com o Rogério Silva Dantas, seu chefe na firma. Daí a alguns anos ficou viúva e fomos morar juntas. Mas sempre trabalhamos. Ela fez concurso e foi trabalhar numa repartição pública. Eu dei aulas de piano por muito tempo. Porém, como depois que começou o rádio cada vez menos gente queria estudar piano, eu resolvi ser corretora de seguros e de imóveis. Mariinha me ajudava muito, porque era muito bem relacionada. E eu sempre fui boa vendedora. Trabalhei também para a fábrica de chocolates de Petrópolis. Quando comecei, eles só tinham 85 clientes. Logo depois, já tinham 173. Aí o dono, senhor Narciso, quis me promover a inspetora geral de vendas, mas não aceitei, achei melhor ficar apenas como corretora. Assim era mais independente, dona dos meus horários. E não tinha tanta tentação de comer chocolates, o médico já tinha me dito que não me fazia bem. Acho que desde a minha primeira comunhão eu tinha ficado com um gosto de chocolate preso na boca.

A Bebé tinha feito primeira comunhão um ano antes. Foi na catedral, no dia do aniversário do papai, e fizeram uma festa enorme, um luxo daqueles, foi muito comentado em Petrópolis. O padrinho dela, o barão de Santa Isabel, mandou vir um vestido de Paris para ela.

E a mesa estava coberta de chocolates deliciosos, até mesmo alguns que tinham sido importados da Suíça.

Depois chegou minha vez e do Alemão, os dois únicos filhos que ainda não tinham feito a primeira comunhão. Mamãe ajudava financeiramente uma igrejinha no Alto da Serra e combinou com o padre de fazer lá. Não teve nenhuma roupa especial para ninguém. Também, nem havia convidados... Lá fomos os dois sozinhos, em jejum na madrugada fria de inverno, um menino de nove anos e uma menina de oito. Ninguém da família. Nenhuma festa. Terminada a cerimônia, o frei Paulo ficou com pena de nós e nos levou para a copa do convento para tomar um chocolate quente, com aquele pão alemão de que a gente gostava tanto. Com manteiga fresca, feita no convento, derretendo no pão quentinho que a gente molhava no chocolate grosso, saindo fumaça. Uma delícia. Mas foi nossa única festa. Acho que eu fiquei o resto da vida com saudade da mesa de chocolates que eu não tive na minha primeira comunhão.

Com o passar das semanas que se convertiam em meses, Luís Carlos foi fazendo amizade com o velho Almada. Vinha sempre visitá-lo, mesmo que fosse por poucos minutos, apenas para dois dedinhos de prosa no final da tarde. A caminho do cassino ou de uma mesa de carteado.

Petrópolis a esta altura era um dos grandes centros de jogo do país. Ainda não ficara pronto o Quitandinha, construído para ser o maior cassino-hotel da América Latina, com seu estilo normando, seu lago, suas centenas de apartamentos, seus cinquenta mil metros quadrados e seus salões de dez metros de altura. Mas não faltava onde se jogasse. E Luís Carlos, aquele homem que José Almada considerara sem vícios, não conseguia ficar um único dia sem jogar. Sentia uma enorme emoção em apostar, enfrentar o perigo, arriscar alto. Às vezes ganhava, às vezes perdia. Não era isso o que importava. O que o atraía era a chance de se expor de peito aberto. Ser homem. Enfrentar os caprichos da fortuna. Desafiar o destino. Mostrar aos deuses que não tinha medo deles.

Logo percebeu que a família da noiva era muito burguesinha, conservadora, incapaz de entender a ousadia que reside nesse tipo de coragem. Compreendeu que não devia falar no assunto. É claro que, numa cidade pequena, os riscos que costumava correr na mesa de jogo eram conhecidos. Nem ele fazia questão de se ocultar. Pelo contrário, se vangloriava de seus feitos. Mas também tinha certeza de que o velho Almada jamais veria aquilo com bons olhos. E estava apostando alto nas boas graças dele.

Luís Carlos não podia se comprometer. Era evidente que o português adorava as netas. E todos sabiam como era rico, embora ninguém conhecesse detalhes de seu testamento ou tivesse um retrato fiel de sua situação financeira. Sobretudo após o fechamento da Casa do Almada.

De qualquer modo, um dia parte daquilo tudo viria às mãos de Marta. Na espera, Luís Carlos precisava jogar com frieza, para garantir que fosse a maior parte possível.

Assim, pediu à noiva que jamais mencionasse o jogo na frente do avô. Imaginava, com razão, que os outros parentes não dariam muita atenção a isso. Pelo contrário, com certeza até fariam questão de não aborrecê-lo, evitando mencionar o assunto.

Enquanto isso, continuava visitando o velho com regularidade. De vez em quando, lhe levava um agradinho: um doce, uns biscoitos, uma revista.

Dizem que todo testamento é também um testemunho. Um retrato da vida de quem se foi. E um depoimento sobre o que o finado pensava daqueles que o rodeavam.

O de José Almada não fugiu a essa regra. O que o fez diferente foi o senso de humor do velho. Ou sua profunda compreensão da natureza humana, da qual se reservou o direito de rir depois da morte. Se, lá do assento etéreo para onde subiu, memória desta vida se consente.

Marta e Luís Carlos verificariam isso quando chegasse a hora, muitos anos depois dessa época de visitas constantes e agradinhos. Quando o mal já fora feito e não havia reparação possível. Quando só restasse um sorriso irônico.

O grande envelope fechado décadas antes por José Almada, e cuidadosamente guardado no fundo de uma gaveta, recendia a sabonete Kanitz de cravo. A gaveta costumava guardar os paninhos bordados e rendados de Alaíde e ela sempre os mantivera entre sabonetes. O marido achava que havia piada em guardar entre rendas delicadas o destino de seus rendimentos. E entre cravos. Uma vez chegara a fazer um trocadilho, brincando com o nome da flor e dos cravos que prendiam a imagem de Cristo no crucifixo. Insinuou que alguns de seus descendentes ficariam indóceis quando ele morresse, se acotovelando, ávidos pela leitura do documento, mas que talvez alguns ficassem cravados às suas cadeiras quando terminassem de ouvi-la.

Mesmo depois de viúvo fizera questão de preservar tudo como estava em vida da mulher. As filhas e netas se encarregavam de renovar o estoque de sabonetes, mantendo sempre o leve perfume que invadia o quarto quando se abria a gaveta — coisa que raramente acontecia.

Muito tempo depois, quando finalmente o patriarca foi levado pela morte após passar 34 anos à sua espera, a gaveta foi aberta e o documento foi retirado lá de dentro.

Reuniu-se a família toda na sala para a solene abertura do envelope. Dentro havia precisas instruções para seu enterro — o que não adiantou muito porque ele já fora enterrado. De qualquer forma, tinham sido seguidas. Todos conheciam bem essas disposições, porque não eram segredo e José Almada as repetia com frequência e naturalidade.

Havia também dois envelopes menores.

O primeiro continha dinheiro — um gordo maço de notas sem valor, já retiradas de circulação havia muito tempo, numa das muitas trocas de moeda a que o país assistiu. Estavam guardadas ali havia 34 anos. Destinavam-se a pagar as despesas do sepultamento. Providência também inútil e, a essa altura, desnecessária.

O segundo envelope continha uma folha de papel, com o segredo da combinação do grande cofre. Ficava embutido numa parede da sala, atrás de um imenso espelho de cristal importado da França, emoldurado por um trabalho em gesso dourado, todo rococó, cheio de guirlandas e laçarotes. Para chegarem até o cofre, foi um trabalhão. Foram necessários quatro homens para remover o objeto de arte, com cuidado, sem quebrar, e levá-lo até outra sala, deixando-o no chão, de pé, acolchoado e encostado junto a uma parede da qual se haviam afastado todos os móveis, de modo a que pudesse estar preparada para recebê-lo.

Era um gigantesco espelho com história, par de outro que pode ser visto no Museu Imperial, encomendados ambos à Casa do Almada por um figurão cuja mulher se encantara com eles no catálogo e depois teve de desistir de um, pois descobriu que só num palácio haveria espaço suficiente para ambos.

Finalmente, diante da expectativa geral, com a parentada toda reunida no grande salão, o advogado pôde abrir o cofre. O que cada um imaginava haver lá dentro é matéria deixada também à imaginação do leitor. O que realmente havia era apenas outro envelope. Pequeno e fechado. Dentro, uma única folha de papel.

Num relance, o testamenteiro leu em silêncio o que nele estava escrito. E em voz alta, com olhar surpreso, em tom solene, repetiu a leitura:

— "A caixinha de música é de minha neta Maria da Glória. Luz da minh'alma. Briguem à vontade pelo resto."

Tem gente que diz que eu sou muito exagerada. Um conhecido meu falava que eu sou muito nervosa, me impressiono com tudo, guardo as coisas muito fundo. Mariinha mesmo dizia isso. Ela tinha razão, acho que sou mesmo. Que faire, mon Dieu? Je suis ainsi... mas nunca reconheci isso para ninguém. Ângela, nem sei por que agora estou fazendo isso. Acho que nem num confessionário eu falei tanta verdade como estou fazendo neste caderno que você me trouxe. Nem sei por quê. Talvez porque você me ouve um pouco. Ser velho é padecer, principalmente se for pobre. Ninguém acredita no que o velho diz. As criaturas não perdem tempo em escutar o que os idosos falam. Sou velha e sei disso, porque eu nunca fui de gostar de velhos. Mas eu sempre tive pena e procurei ajudar. Talvez por isso Deus agora me mandou alguém que me ajude.

  Mariinha, se você estivesse aqui, ia ficar admirada de eu ter coragem de escrever tanta coisa neste caderno que me foi dado com tanto carinho pela boa Ângela. Ela diz que foi a Letícia que mandou, mas eu acho que ela inventa isso para disfarçar e eu não ficar agradecendo toda hora. A Ângela me acompanha sempre, vem me ver toda hora. A Letícia e as outras não, só aparecem um dia na vida e outro na morte. Você lembra, Mariinha, como eu sempre evitei de falar de mim com os outros? Só falava com você. Agora já sei ficar só comigo mesma, pensando no que nós sofremos, sem me queixar e virar uma velha chata. Mas a Ângela tem boas ideias para aliviar o sofrimento dos outros. Ela me trouxe lápis e papel para desenhar, ela me deu este caderno e disse para eu escrever as coisas boas que fosse lembrando. E ela me deu de novo o meu amigo piano. Agora toco outra vez as valsas de Chopin, as sonatas, os estudos, a

"Tristesse", a "Serenata ao luar", fico muitas horas conversando com ele.

E quando fico muito triste, em vez de virar uma velhinha chorona, faço como agora. Lá venho eu para o bar com meu caderno, fingindo que sou feliz. Tenho muita sorte porque o pessoal do bar gosta de mim. A dona se chama Marta, igual a minha sobrinha que já morreu e eu tenho saudade. Estou seguindo seus conselhos, Ângela, e agora já digo meu nome e procuro conversar com as pessoas que falam comigo. Acho chato, mas tento. Ordens médicas. Da minha médica, sobrinha e amiga, doutora Ângela. Outro dia tinha um rapazinho muito nervoso, me falou que estava fazendo hora, esperando a mulher que estava internada para ter neném na maternidade da outra rua. Uns dias depois, veio me buscar no bar para mostrar a criança, enroladinha no colo da mulher, na hora de ir para casa. Estava todo feliz. Que bom que eu tive paciência de ouvir quando ele falou... Gostei de conhecer o neném, o David. Há muito tempo que eu não via um bebê tão novinho. Nesse dia, em vez de tocar a "Canção da primavera" de Mendelssohn, que é profundamente triste, eu até toquei um scherzo de Chopin, mais de brincadeira, pensando nessa nova alminha que tinha chegado ao mundo. E lembrei do meu pai. Luz da minha alma.

As pessoas da casa já tinham se acostumado. Uma ou duas vezes por semana, no final da tarde, Luís Carlos tocava a campainha da porta e subia para visitar José Almada. Quase sempre com um pacotinho na mão.

Em geral, não se demorava. Ficava uns dez minutos, depois seguia seu caminho. Mas sempre era uma distração para o dono da casa.

Um dia, o rapaz chegou com um ar animado e um cestinho de frutas. Talvez o menor que já tinha entrado naquela casa, se não contarmos os que as crianças costumavam trazer de suas andanças pelos morros da cidade, em tempo de framboesas. Esse tinha algumas tangerinas e duas ou três laranjas-da-baía.

— É só uma lembrancinha... Estão bem frescas, o senhor pode mandar fazer um suco... — explicou.

Educadamente, o velho agradeceu, disse-lhe que depositasse as frutas em cima da cômoda, fez um vago comentário sobre elas.

Luís Carlos aproveitou para perguntar:

— É verdade o que dizem? Que as laranjas do Caxangá são as mais doces do mundo?

— Parecem um mel... — confirmou Almada. — E chegam a ser do tamanho de um pequeno melão.

Luís Carlos avançou uma ficha:

— Deve ser uma beleza. Um dia ainda hei de ver.

— Pois quando quiseres. Combina tua ida lá com a Marta.

Ele combinou e foi. Voltou encantado. Daí a alguns dias, em outra visita, Luís Carlos era só elogios às terras tão queridas por José Almada.

— Realmente uma beleza, seu Almada... Eu não fazia ideia de que fosse uma propriedade tão magnífica. Um belo terreno, bem-situado, bem-plantado, produzindo... São quantos alqueires mesmo?

O velho respondeu.

— Tudo isso? Tem certeza? Então é muito maior do que se imagina.

Pacientemente, o patriarca foi recitando o rosário de limites do terreno, descrevendo-o com exatidão. O outro só ouvia. Esperava a vez de jogar. Tornou a elogiar o sabor e a beleza das frutas, as estufas de flores, os canteiros de hortaliças. Mais uma vez, ouviu a confirmação orgulhosa de todas as qualidades daquelas terras e das águas que as banhavam.

Paciente, Luís Carlos deixou o velho falar quanto quis. Ficou um tempo em silêncio. Finda a pausa, prosseguiu com seu jogo. Sem aparentar qualquer interesse, perguntou, como quem baixa uma carta, distraído:

— O senhor nunca pensou em vender?

José Almada riu.

— Não há dinheiro que pague.

— Nunca se sabe... há muita gente com muito dinheiro por aí hoje em dia.

— Pois iam precisar de muito mais do que eles têm... — disse o velho, achando graça.

Como quem não quer nada, Luís Carlos continuou seu jogo:

— E se alguém lhe oferecesse um milhão?

A cifra pode não ter sido essa. A memória da família não guardou exatidões, num país com uma longa história de inflação e sucessivas trocas de moedas. O que importa é o fato, não o detalhe.

— Precisaria muito mais. E não está à venda.

— Nem por dois milhões?

— Nem por cinco, meu filho... Para podermos falar num negócio desses, ia ser preciso alguém chegar aqui com uns dez milhões na mão, a serem pagos batidos, à vista.

— Aí o senhor vendia?

— Ninguém ia ser louco de oferecer uma quantia dessas... Imagine só... — disse José Almada, ainda se divertindo com a ideia maluca do rapaz.

Para ele, dez milhões eram uma soma além da imaginação. Sinônimo de infinito. Com certeza, em toda a cidade não haveria tanto dinheiro. Mais que isso, em todo o estado. Talvez até em todo o país...

Luís Carlos insistiu:

— Mas se esse louco aparecesse, o senhor vendia?

— Pois não acabei de dizer isso?

— O senhor jura?

— E lá preciso jurar? Pois se eu disse, está dito. É minha palavra. Só tenho uma.

Saindo de lá, Luís Carlos foi direto ao escritório do credor que estava lhe dando um ultimato cada vez mais insistente e que concordara em receber o Caxangá como pagamento das suas dívidas de jogo. Bastava adiantar dez reles milhões que o velho lhe passava o terreno que valia dezenas de vezes mais que isso.

José Almada estava trancado em casa havia muitos anos. Não lia mais jornais, não se dera conta dos zeros que a todo mês se alinhavam à direita dos preços a que se acostumara em seu tempo de negociante. Imaginava que essa quantia ainda valia alguma coisa. Não sabia que a moeda se derretia como gelo no verão ou que aquela soma, anunciada com eloquência tão aumentativa, na verdade se convertera numa ninharia.

Ao ouvirem falar na transação que se delineava, os filhos e netos se rebelaram. Aquilo era um absurdo, uma estupidez. E uma violência de Luís Carlos contra o velho, que caíra numa armadilha. Alguns foram ao sobradão conversar e tentar demover o pai de uma ideia tão estapafúrdia.

— Papai, o senhor não pode fazer uma coisa dessas. Para começar, não é esse seu desejo. O senhor não estava pensando em fazer negócio nenhum. Nunca lhe passou pela cabeça vender o Caxangá. E além do mais, hoje em dia essa quantia não é nada. O senhor está cedendo o bem que mais amou na vida, seu patrimônio mais precioso, em troco de nada.

— Eu não sabia... — disse ele, envergonhado. — Não podia imaginar.

— Mas agora sabe. É só dizer que não vende.

Do fundo do peito mortificado, num fiapo de voz, veio a resposta.

— Não posso. Dei minha palavra.

— Mas isso é um absurdo! É um golpe do Luís Carlos!

Diante da insistência, José Almada reagiu quase gritando, em exclamações veementes:

— E pensam que não sei disso? Que ainda não me dei conta? Acham que isso não me dói? Que não percebo que estou perdendo o que levei uma vida para construir? E que minha neta se aproveitou do amor que lhe tenho para me introduzir um vigarista na intimidade? Ora, façam-me o favor... Não sou estúpido! Apenas fui leviano, estava desinformado... Mas sei exatamente o tamanho do golpe e a dor que ele me causa. E além de tudo, isso me mata de vergonha!

Os filhos se entreolharam. Lembravam-se da conversa que tinham tido em reunião, em outra sala, horas antes. Um cunhado havia chegado a sugerir a interdição do patriarca, para invalidar o negócio. Mas os filhos não tiveram coragem. Seria agredir com uma humilhação em cima de outra. Não podiam ferir o pai dessa maneira, só por causa de dinheiro. Por mais que se tratasse de um prejuízo imenso, que acabaria por afetar a todos.

Agora, na troca de olhares, confirmavam o que haviam decidido antes. Ele sabia muito bem o que tinha feito. Estava lúcido, perfeitamente capaz. Tão consciente de seu erro quanto eles. E provavelmente com um sofrimento muito maior, porque adorava aquelas terras. Dera a elas o esforço de toda sua vida. Delas recebera grandes alegrias. Sabia com exatidão quanto lhe custava aquela perda.

Uma das filhas ainda insistiu, tentando ser calma:

— Pois então, papai, diga isso a ele. Explique que agora se informou e mudou de ideia. E lhe garanta que não vai fazer esse negócio. É evidente que o Luís Carlos agiu de má-fé, mancomunado com esse comprador. Não há compromisso algum, o senhor tem toda a liberdade de decidir. Afinal de contas, não chegou a haver uma promessa formal, não houve testemunhas, nenhum papel foi assinado.

Fez-se um silêncio, antes que ele respondesse:

— Não é necessário. Basta minha palavra. E essa, eu a dei. Para minha eterna vergonha.

Mais não disse. Por muito tempo. Não adiantou ninguém insistir.

Consumou-se o negócio. Depois, consumiu-se o negociante.

Qualquer um sabe como é difícil perder algo que dá prazer. O mecanismo do vício tem a ver com essa dificuldade. E com a memória do prazer. O sujeito lembra alguma coisa que já viveu e que naquela ocasião foi tão boa, tão prazerosa, que ele não consegue se ver sem ela. E quer voltar.

Freud diz que provavelmente nada é tão duro para um ser humano quanto desistir de um prazer já experimentado. Na verdade, ele vai mais longe e acrescenta que isso é impossível. Simplesmente desistir é algo que ninguém consegue. Ao mesmo tempo, o mundo não seria viável se todos só tratassem de satisfazer seu desejo e prolongar indefinidamente seu prazer. O único jeito é fazer uma troca. Segundo ele, entregar a possibilidade futura de repetir um prazer já experimentado só é aceitável para a mente se em seu lugar se formar um substituto. Uma criança só deixa de brincar quando começa a fantasiar. Todo mundo fantasia. Mas a maioria das pessoas tem vergonha de que os outros saibam. E esconde isso, justamente para proteger o que considera sua propriedade mais íntima e preciosa.

É muito significativo que Freud tenha feito e aprofundado todas essas observações exatamente quando foi analisar o mecanismo da criação literária. Constatou que brincadeiras infantis, memória, fantasia, desejo e impulso para criar estão enredados uns com os outros. O trabalho mental da criação surge a partir de uma impressão provocadora no presente, que desperta um grande desejo na pessoa, levando-a a recordar uma experiência de prazer, e fazendo-a criar um devaneio tecido com os fios dessa memória transformada.

Os gregos já fizeram com que as musas fossem filhas de Mnemosine, a deusa da memória. Para eles, era dela que vinha a inspiração de todas as artes. Hoje a psicanálise nos mostra as relações entre a memória, a criação, o desejo e a dor da perda. E no processo criativo, a própria obra fica sendo o substituto do antigo prazer abandonado e lembrado, assim como da brincadeira infantil. No entanto, Freud assinala que, para que ela realmente funcione e cumpra seu papel pleno, tem de se alterar e se disfarçar a ponto de ser capaz de trazer em troca outro intenso prazer, o estético, por meio do trabalho formal que cria a obra de arte. Só assim, graças ao efeito poético, o autor dribla seu pudor e o espectador vence sua repulsa, sua autorrecriminação e sua própria vergonha em ter contato com aquela intimidade — sentimentos ligados às barreiras entre cada ego e os outros.

Mas mesmo para quem não é artista e não é capaz de recorrer a essa *ars poetica* essencial, subornando o outro por meio do puramente formal (e essas expressões são literais do texto freudiano), o mecanismo ainda funciona. Só que nesse caso não é transmissível aos outros. O mergulho na memória e o relato do que nele se encontra apenas ajudam o próprio indivíduo numa reorganização cognitiva. O que não é pouco, aliás, nem deve ser desprezado.

Ângela, minha querida, um anjo mesmo, combina com seu nome, obrigada pela almofada que você trouxe. Olho em volta no meu quarto e vejo que tudo o que eu gosto aqui foi você que me deu. Mesmo quando você é modesta e diz que foram seus irmãos ou seus primos que mandaram. Você nem imagina o bem que fez com esse teclado que me trouxe. Eu achava que era só para mim, mas agora sei que é para todos. Eu antes mal olhava para eles e acho também que ninguém me olhava. Mas agora eu sei que este piano que agora tenho proporciona a todos nós umas horas mais alegres.

Geralmente quando estou tocando, os velhos e doentes sentam nos bancos que tem no pátio e ficam ouvindo. Ficam calados, prestando atenção. Eu sinto que até para eles é uma alegria quando eu toco. Os internos daqui do pensionato são pessoas muito humildes, parece que somente esperam pela morte. De vez em quando eu vou até a varandinha olhar. Lá estão eles, sempre na mesma posição. Tem um homem negro bem ve-

lho, de cabeça branquinha, deve ter quase cem anos. Sempre ouvi dizer que preto, quando pinta, três vezes trinta. Esse, então, adora ouvir as minhas músicas. Outro dia ele me falou para eu tocar sempre que puder.

Foi muito bom você me trazer esse teclado. Eu sempre tive piano em casa. Papai comprou cinco pianos. Tinha dois lá em casa e os outros ele foi dando para as filhas que casavam. O primeiro, ele mesmo importou. Depois, comprava numa loja em Petrópolis. O dono da casa de piano, o senhor Stephen, era alemão e gostava muito de mim. Eu devia ter uns nove ou dez anos, ele brincava dizendo que era o meu noivo e ia se casar comigo quando eu crescesse, mas fez um contrato das minhas obrigações depois de casada. Mamãe achou graça, ela adorava o Kaiser e todos os alemães, mandou colocar uma linda moldura no tal contrato de casamento e pendurou na parede da sala de música. Mas um dia teve que queimar o quadrinho, porque houve um quebra-quebra em Petrópolis, todas as pessoas que se relacionavam com alemães se comprometiam. Todas as casas estavam sendo visitadas e mamãe ficou com receio. Compreendi que era perigoso, mas fiquei triste sem meu contrato de casamento. Eu acreditava que com aquele papel eu era mesmo uma noiva e um dia, daí a muito tempo, se me portasse bem e cumprisse minhas obrigações, ia vestir um vestido comprido rendado, de cauda longa, e entrar numa igreja com flores na mão, ao som da "Marcha nupcial", todo mundo sorrindo para mim. Parecia um sonho. Mas fui obrigada a ver queimarem o contrato. Então eu tocava meu piano, que ninguém reparava que era alemão. E durante muitos meses, só escolhia compositores alemães para tocar — Schumann, Beethoven, Bach, Mendelssohn, e até Schubert, que só muito depois eu soube que era austríaco.

No processo de trocar narrativas com meus pacientes, me dou conta de que as coisas funcionam de modo muito diferente agora. Ou no consultório a leitura é outra, diversa da palavra escrita. Não sei bem. Mas seja porque os tempos mudaram ou porque se trata de outra situação, constato que todas estas histórias de minha família que vim recordando são vistas por eles com um sentido que nunca pensei que pudessem ter. Nunca foram encaradas assim quando vovó Glorinha contava.

Talvez seja porque agora ficam procurando encontrar nelas uma moral, uma mensagem direta, instruções de comportamento. E como os valores da sociedade mudaram, fica tudo pelo avesso. Acham que José Almada é um exemplo de como não se comportar, para não ser passado para trás. Alguns chegam a rir ou veem Luís Carlos como um modelo de quem se deu bem porque soube ver uma boa oportunidade. Elogiam o progresso que construiu edifícios no Caxangá, gerou empregos na construção civil, atraiu para Petrópolis novos moradores de outros estados, desenvolveu a região. Podem não dizer com essa clareza, mas é o que pensam. De qualquer modo, quem mandou o velho ser babaca? Tinha mais era que pastar mesmo...

Fiel à ideia do meu *Kit Letícia de leitura*, trato de deixar a mais plena liberdade para a interpretação pessoal do leitor. Surpresa, descubro que o que muitos acham é que ter palavra é ser otário e que a moral da história é algo semelhante a, em Roma, fazer como os romanos. Na melhor das hipóteses, aquela tal categoria do homem de bem que há quase século e meio o menino José herdou do pai na pequena aldeia portuguesa hoje seria sinônimo de ingenuidade.

Não quero me meter a fazer um ensaio sobre as mudanças de costumes e o esgarçamento da ética. Nada de saudosismo nem de "naquele tempo...". Só quero entender.

Comentei isso com meu pai — que faz questão de lembrar que até o *rock* já festejou cinquenta anos e continua surfando — e ele me vem com a ideia do quarto fechado:

— Minha filha, não é nada disso. O ideal do homem de bem continua valendo. Não é fácil, claro, mas nunca foi. Ainda dá pé. Só não pode é ficar trancado no quarto. O cara tem que aprender a se virar, a lidar com a malandragem para poder se defender. O problema do velho Almada foi confundir bravata com promessa. E levar tudo ao pé da letra. Faltou foi ginga. E senso de humor, para dar uma gargalhada na cara do Luís Carlos e mandar ele se catar.

Que seja, então. Para os tempos que correm, ética com jogo de cintura. Na certa, sempre foi assim. Meu pai pode ter razão.

Tio Gilberto acha que isso vale para tudo. Que a toda hora a história com agá maiúsculo está nos mostrando que os princípios servem para nortear, mas o mundo se transforma e é preciso ir corrigindo a prática o tempo todo.

— É assim em política, em economia. Não dá mais para ficar trancado em si mesmo. O cara que insistir nas velhas teses acaba sendo jantado, até mesmo porque elas não funcionam mesmo mais, não servem, não resolvem. O negócio todo é aprender a ver o que está mudando e se adaptar, sem transigir com os princípios. Isso é que não dá para admitir, jamais. Nem precisa ceder. O problema é que o mundo está muito mais complexo do que no tempo do nosso bisavô, muito mais cheio de nuances. O sujeito agora tem que estar sempre ligado para não se deixar enredar.

— E para ver a diferença entre o que deve ser adaptado e o que não dá para mudar — completa meu pai. — É como quem veleja...

Numa conversa dos dois, era inevitável que surgissem as imagens de suas vivências no mar.

— Isso! — entendeu logo meu tio. — Se o vento muda, tem que posicionar a vela diferente. Mas nem por isso você tem que ir para onde ele sopra. Só passa a manobrar de outro jeito. Mas continua aproveitando a força do vento para se deslocar e ir para onde quer.

— Claro — concordou meu pai. — A bússola não muda. Norte é sempre norte. Só que cada um precisa saber seu rumo, e ir corrigindo o tempo todo, pra não se afastar. Se não prestar atenção, fica à deriva, afunda, ou vai dar onde não queria.

Bons toques. Incorporo as ideias em meu trabalho com os adolescentes no consultório. E incluo a conversa no *Kit Letícia de leitura*.

— Canta para mim, vovô...

O velho sorria e cantava. Um fado. "Na rua do capelão." A menina Maria da Glória ouvia, ficava imaginando o que seria aquela história de "juncada de rosmaninho", achava que eram rosas azul-marinho, juntadas pelo vento no chão da rua.

— Conta para mim, vovô...

O velho sorria e contava. A história do menino que lá do outro lado do mar via a água correr debaixo da pequena ponte e imaginava para onde ela poderia levar. A menina Maria da Glória ouvia, ficava sonhando com príncipes encantados que saíam pelo mundo em busca de aventuras e um dia teriam netas princesinhas no Brasil.

— Toca para mim, vovô...

O velho sorria e abria a caixinha de música. A menina Maria da Glória ouvia, se olhava no espelho, ficava na ponta do pé e girava sobre si mesma como a bailarina.

No fim, fechavam a tampa e ele dizia:

— Luz da minh'alma.

Tinha sido sempre assim. Pelo menos durante muitos anos. Ouviam a música e, ao final, diziam essa frase. Era o título da melodia, ele lhe explicara uma vez. Mas era também uma senha secreta entre os dois, uma brincadeira de carinho em que ambos se saudavam mutuamente.

Só que, nesse dia, foi diferente. Ela não era mais uma menina.

Mulher feita, entrou no quarto trazendo um bebê no colo e um menino bem mais velho pela mão. Mostrou o neném ao avô. O mais novo bisneto, era a primeira vez que o trazia. Sentou-se na poltrona, ajeitou-se até ficar bem confortável, desabotoou a blusa, limpou o bico do seio com um algodão embebido em água boricada. Começou a dar de mamar ao caçula enquanto o filho mais velho brincava no tapete com uns blocos de madeira colorida.

— Vais ser construtor, ó miúdo?

Absorvido no que fazia, o pequeno não respondeu. Quem conversava era Maria da Glória, mas a falar pouco, atenta ao glutão que lhe sugava o seio. Depois, quando acabou, segurou o bebê em pé e esperou que arrotasse. Só então abriu a porta do quarto, chamou alguém, entregou a criança adormecida, deu instruções para que pusessem o pequeno num berço.

Guardou numa caixa os blocos com que o outro filho brincava e trouxe o menino para mais perto do leito.

Gilberto beijou a mão magra e encarquilhada do velho, ouviu:

— Deus te abençoe, miúdo.

Em seguida, a neta deu um beijo na testa de Almada e o abraçou com firmeza. Sentou-se na beirada da cama e perguntou:

— O senhor está querendo alguma coisa, vovô José?

A última pessoa no mundo que dizia seu nome. Com voz fraca, ele respondeu:

— Só que fiques assim, ao pé de mim, como estás agora.

Ela pôs o menino no colo e tomou a mão do avô entre as suas, guardando-a no regaço sobre o corpo do filho, como se o velho também estivesse ajudando a segurar a criança. Devia estar desconfortável, pois daí a pouco a mãe soltou o pequeno, que foi se sentar na poltrona. Ela ficou onde estava, apenas guardando entre as suas a mão magra e cheia de veias escuras e saltadas.

Depois de alguns instantes, o velho lhe perguntou:

— Tu te lembras de quanto brincamos neste quarto? De quantas histórias contamos?

— Claro que lembro, vovô José. Quer ouvir uma delas? Das nossas, daquele tempo...

— E tu as recordas? A ponto de saber contar?

— Tão bem que passei adiante. O senhor vai ver, vovô José...

Chamou o filho e lhe pediu:

— Conte para o vovô aquela história do menino, de que você gosta tanto.

Meio intimidado pelo ambiente solene, mas com a fluência de quem conhecia de cor e salteado aquele relato tecido por suas próprias raízes, o menino começou:

— "Há muito tempo, muito longe daqui, num belo país do outro lado do mar, vivia um menino chamado José..."

— ...que era o senhor... — interrompeu Maria da Glória.

Gilberto continuava.

— Todos os dias, quando voltava do campo, o menino passava por uma ponte em cima do riozinho. Sempre parava e ficava olhando a água. Ficava pensando para onde é que aquele rio ia. E tinha vontade de um dia descobrir. Ele era um pastorzinho que tomava conta dos carneiros na montanha. Tinha um cachorro que brincava com ele, ajudava nesse trabalho e era o maior amigo do pastorzinho.

— O Trovão... — confirmou o velho, num sopro.

Tinha esquecido completamente do cachorro durante esses anos todos. Seu companheiro na aldeia. Nem lembrava de ter falado nisso a Maria da Glória. Fechava os olhos e via o animal, ágil e peludo, a correr pela encosta do monte, a latir para aproximar uma ovelha que se afastava. Lembrava a língua áspera do cão a lhe lamber a mão. Sentia na pele o frio do vento que soprava no inverno. Teria falado do animal à neta? Ou seria o bisneto que inventava, que adivinhava, enquanto prosseguia? Uma voz fraca, miúda, mas talvez mais forte que a sua própria, com a qual já não conseguia mais dar ordens.

Embalado pelas palavras do bisneto, José Almada se transportava. Voltava à infância e seguia sua própria história. De olhos cerrados, acompanhado pelo cão, a reunir o rebanho de memórias dispersas para levá-las ao aprisco, abrigo seguro no frio da noite que caía.

O tempo em Petrópolis se marcava pelas flores. E não apenas porque uma das praças principais ostentava seu relógio de flores, em que os ponteiros giram entre canteiros. Mas também dava para saber o mês do ano pela floração dos jardins e da mata. As douradas aleluias de março e abril, querendo cantar seu amarelo enquanto as quaresmeiras com suas flores roxas ecoavam a cor do tafetá que envolvia os santos nos altares das igrejas, antes da Páscoa. Os suinás, mulungus e bicos-de-papagaio a gritar seu escarlate nos meses de inverno. Os ipês, paineiras e cássias rosa colorindo os morros no início da primavera, pouco antes de que a cidade inteira explodisse em agapantos, hortênsias, lírios amarelos e laranja, rosas de todos os matizes.

Apesar do frio que sentia embaixo dos cobertores, José Almada sabia que era verão. E estava anoitecendo. Conhecia pelo aroma. O perfume dos jasmineiros invadia seu quarto e se infiltrava pelo meio das lembranças dispersas que o cão Trovão tentava reunir pela voz do bisneto, a lhe contar detalhadamente a história de um menino José... que era ele mesmo.

Nas árvores do Caxangá, o tempo se contava diferente. Uma vez lhe mostraram e José Almada nunca mais esqueceu. Foi necessário abater uma árvore imensa que ameaçava cair. Para removê-la, tiveram que serrar o tronco em toras. Os cortes revelavam os círculos concêntricos. Cada um correspondia a um ano — foi o que lhe disseram. Um ser tão antigo. Por que ele não tinha procurado uma maneira de poupá-lo? Por muito tempo sentia um desconforto quando pensava nisso. Mas pelo menos ordenou que deixassem o toco ali, não o queimassem nem cortassem suas raízes. Talvez não se perdesse por completo. Algum tempo depois, ele todo brotava novamente.

Desde pequeno, o menino José sempre se maravilhara com o milagre das podas. Via seu efeito na pujança dos pomares da aldeia, nos vinhedos que depois do inverno transformavam pequenos tocos enfileirados em vastos tapetes verdes que dariam cestos e cestos de uvas na vindima, tonéis e tonéis de vinho no outono. Como é possível cortar galhos para ter mais? Em que misteriosa fonte as plantas bebem tanta força para explodir em vida nova?

Agora, de olhos fechados, sentindo o perfume do jasmim, ouvindo a voz do bisneto, José Almada se perguntava por que os homens não têm em si um pouco dessa força capaz de regenerar e rebrotar, vencer cansaços e incubar safras futuras. Renovado a cada estação, valeria a pena prosseguir de pé.

Por outro lado, de certo modo também se sentia um pouco vegetal. Uma casca de tronco, por onde um dia correra a seiva. Sustentado por dentro pelo pilar lenhoso dos antepassados, fincados em raízes a se perder dentro da terra. Substituído, anos afora, pela nova casca que se formava ao contato do ar e ia engrossando o tronco. Como seriam os novos brotos a apontar um dia? As novas árvores que germinariam das sementes que o vento estava sempre a levar para longe? Os novos ramos a se regenerar no lugar dos galhos que caíam com vendavais ou eram cortados por lâminas afiadas?

Entreabriu os olhos. Outros filhos e netos estavam também no quarto, em silêncio, ouvindo o pequeno Gilberto terminar de contar a história que trouxera de presente ao bisavô. Boa lembrança de Maria da Glória para distrair o velho.

Fez um gesto em direção à cômoda. Alguém apanhou sobre ela o crucifixo que trouxera de Portugal. Quiseram-lhe entregar a imagem. José Almada não estendeu o braço. Que outros o segurassem, se assim o desejassem. Fazia parte da cena de morte, bem sabia. A estatueta de madeira já fizera esse papel com seu avô e seu bisavô, do outro lado do mar. Também já abençoara nascimentos e presidira concepções, junto a sucessivos leitos nupciais.

Mas não era o que pedia nesse instante.

Não precisou falar, porque Maria da Glória entendeu. Abriu a gaveta da cômoda e dela retirou uma caixinha. O velho Almada sorriu, aprovando. Cuidadosamente, a neta deu corda no mecanismo. E assim que o menino acabou sua narração, ela se sentou na beirada da cama, pôs o filho no colo e lhe revelou lá dentro a dança espelhada da bailarina.

Encantado, Gilberto acompanhava. Só disse, no início, logo que identificou:

— Aquela música que você canta para eu dormir, mamãe...

Música boa mesmo para dormir. José Almada fechou os olhos. Reencontrou o cão Trovão, arrebanhando ovelhas e vultos humanos. Agora, não mais vagas lembranças. Presenças nítidas à sua volta. Dava para ver os rostos — fisionomias concretas, que ele conhecia. Seus pais, seus irmãos, tio Adelino, o cura, os vizinhos, o Vicente, a Rosa, Alaíde, os filhos todos que pusera no mundo, os netos que os filhos lhe deram, os bisnetos que os netos começavam a lhe trazer, tanta gente, tantas almas. Uma almada imensa, que se perdia de vista. Muito semeara nestas novas terras do outro lado do mar. A iluminar tempos em que não viveria.

— Luz da minh'alma... — disse sorrindo, num murmúrio, quando se acabaram as últimas notas da melodia.

— Luz da minh'alma — repetiu Maria da Glória em seu velho ritual, tirando o menino do colo e o entregando ao marido que estava em pé atrás dela. — Sempre.

Beijou a testa do avô e começou a murmurar uma oração.

Não foi preciso que ninguém baixasse as pálpebras do velho. Os olhos já estavam fechados. E os lábios tinham uma promessa de sorriso. Palavra de honra.

Este livro foi impresso
pela Geográfica para a
Editora Objetiva em
abril de 2013.